Bernd von Guseck

Girandola

Erster Band

Bernd von Guseck

Girandola
Erster Band

ISBN/EAN: 9783741125065

Hergestellt in Europa, USA, Kanada, Australien, Japan

Cover: Foto ©Andreas Hilbeck / pixelio.de

Manufactured and distributed by brebook publishing software
(www.brebook.com)

Bernd von Guseck

Girandola

Girandola.

Novellen

von

Bernd von Guseck.

Zweite Ausgabe.

Erster Band.

Leipzig.

Hermann Costenoble.

1860.

Inhalt.

Der Odalbauer.

1.

Im grünen Buchenwalde war's schattig und kühl. Die uralten Bäume, welche nie durch eines Menschen Art entweiht worden, ragten mit ihren mächtigen Kronen hoch in die blaue Luft, und wölbten ein Schirmdach wider des Sommers Gluten, welche im Norden zwar kürzer dauern, aber um so gewaltiger sind. In den Wipfeln schmachteten die Blätter; unten im Thalgrunde, wo ein frisches Geriesel von der Bergwand den nahen Bach suchte, standen die Gräser keck und straff, viele bunte Blumen hoben die Kelche, und lachten im hellern Farbenspiel, wenn ein Streiflicht der Sonne kosend den Weg zu ihnen fand — muntere Vögel in den Zweigen, kleine Thiere auf dem Rasengrunde spielten in des Waldes Einsamkeit, sich ihres Daseins zu freuen.

Es war Hochmittag. Allmälig verstummten die fröhlichen Laute der gefiederten Sänger, die flinken

Eidechsen schlüpften verschwindend durch Stein und Gesträuch, das Wild, das am Bache getrunken hatte, verlor sich in die Tiefe des Forstes, sein sicheres Lager zu suchen; eine feierliche Stille waltete in der Natur. Da erschien, durch das Dickicht brechend, ein seltener, fremdartiger Gast in diesen Räumen. Es war ein Mensch von verwildertem Ansehen, der mühsam noch einige Schritte that, und dann am Rande des Baches niedersank. Sein Blut, das einer frischen Wunde in der Brust entträufelte, mischte sich mit den Wellen, und trübte ihre klare Flut. Der Verwundete mühte sich, den Lauf des verrinnenden Lebensstromes zu hemmen, er kämpfte mit der Ohnmacht, die ihn anwandelte, er bückte sich nach einem Labetrunke für den brennenden Durst, der ihn folterte — umsonst! — die Schleier der Bewußtlosigkeit umhüllten sein Haupt schon mit immer schwärzern Schatten, ein bitterer Zug der Angst verkrampfte seine Lippen, die ach! noch so jugendlich blühten, das Auge stierte schon öb' und verwüstet in's Leere, die letzte instinktmäßige Bewegung des Sterbenden war, daß er die Hände faltete — so ging er hinüber!

Der Abend kam. Fernher, aber klar vernehmlich hallten feierliche Glockenklänge durch den Wald. Es war wie die Todtenfeier um den Gefallenen, der hier von Niemand gesehen, als dem Allmächtigen droben, sein Leben verblutet hatte, ohne den Trost und die letzte Wohlthat der Kirche! Als die Klänge zitternd in der Abendluft erstarben, wurde wieder Alles still um den Todten, und selbst das Gethier mied scheu seine Nähe.

Nach der kurzen Nacht des schwebischen Sommers malte das Morgenroth seine glühenden Lichter in die Waldlandschaft. Die Vögel erwachten in ihren umlaubten Schlummerstätten, und priesen den Schöpfer; überall regte sich das Leben der Thierwelt, wiederum klangen aus der Ferne die Klosterglocken, um die Gläubigen, welche dort ihr beschauliches Erdenwallen führten, zur Morgenandacht zu rufen. Nur dem Schläfer am Bache, welcher den Rasen mit seinem Herzblut gefärbt hatte, tagte kein Morgen, sein Auge stand zwar weit offen, aber es sah hienieden Nichts mehr. Und so vergingen zwei Tage, ehe ein paar Mönche, welche sich weit in den Wald gewagt hatten, um nach wilden Bienenschwärmen zu suchen, den Erschlagenen fanden. Sie bemitleideten das junge Blut, beteten an der Stelle, wo er verschieden war, für das Heil seiner Seele, setzten ein Kreuz dorthin, aus Baumzweigen roh geformt, und trugen den Todten nach ihrem Kloster, wo ihn der Abt christlich begraben ließ. — Seine Kleidung und Waffe, denn es hatte sich ein kurzes Schwert bei ihm

1*

gefunden, wurden an dem äußern Vorhofe des Klosters aufgehängt, ob vielleicht von den Frommen,
welche die heilige Stätte auf Pilgerfahrten oder an
hohen Kirchenfesten zu besuchen pflegten, irgend Einer
sie erkennen und von dem Erschlagenen Auskunft
geben möchte. — Gewaltthaten waren übrigens in
jener rohen Zeit und unter dem harten Schweden-
volke nichts Seltenes, und die Mönche beunruhigten
sich nur darüber, daß sich der Mord so in der unmit-
telbaren Nähe der gottgeweihten Mauern zugetragen
hatte.

Eine längere Zeit verging, ohne daß die Wahrzeichen des Verbrechens von Jemanden erkannt worden wären. Sie erregten die Neugier, man betrachtete sie von allen Seiten, schüttelte den Kopf und
ging weiter. Dem Abte fing die Sache an gleichgültig zu werden, und da er selten die Mauern des
Klosters verließ, so kam sie endlich bei ihm ganz in
Vergessenheit, so daß er selbst erstaunte, als er zur
Herbstzeit, da ein Zug von Reisenden die Gastfreiheit
des Heiligthums in Anspruch nahm, durch Fragen
daran erinnert wurde. Er berichtete, was er wußte;
die Augen der Frauen — denn zwei Frauen waren
es, welche unter starkem bewaffnetem Geleit die Reise
unternommen hatten — ruhten mit dem Ausdrucke
des Mitleids auf ihm; endlich wandte sich die jüngste

unb lebhafteſte von Beiden an ihren Begleiter, wel=
cher ein wenig zurück ſtand, und ſagte:

„Wohl uns, daß wir nicht allein durch dieſe
Wildniß ziehen!"

„Warum? Wie das?" fragte der Ritter, ſein
Auge ſchnell auf ſie richtend.

„Ihr habt wohl kein Wort von Allem gehört,
was uns der heilige Vater erzählt hat?" entgegnete
die Dame. „Nichts von dem Morde? Sonſt würdet
Ihr nicht ſo wunderlich fragen."

„So lange ich bei Euch bin, Erika, dürft Ihr
nichts fürchten," verſicherte der Ritter.

„Meines Vaters Kind fürchtet auch nichts für
ſich, Bengt Algotsſon!" rief die Jungfrau, den
ſchönen Nacken ſtolz erhebend. „Nur meiner Theuern
willen, meiner Geliebten, meiner Schweſter!" Sie
ſchlang ihren Arm um die ältere, ernſte Gefährtin.

„Wir ſtehen überall in Gottes Hand, Erika,"
ſagte dieſe ruhig. „Sein Schutz iſt der allein wirk=
ſame!"

Der Abt pflichtete ihr fromm bei, Bengt Al=
gotsſon aber rief, ſein hübſches Geſicht in Unmuth
verziehend: „So wäre es wohl überflüſſig geweſen,
daß Ihr mich und die Bewaffneten mitnahmt, Frau
Bonde?"

„Bis jetzt scheint es so!" entgegnete Erika muthwillig, an der Freundin Statt.

„Nicht doch!" sagte diese begütigend. — Ihr seid uns ein treuer Freund und Schirmherr. Gott wolle aber verhüten, daß Eure Tapferkeit auf die Probe gestellt werde! — Wie lange ziehen wir noch bis Wabstena, hochwürdiger Vater?"

„Ihr wollt nach dem Kloster Wabstena, dem neuen Heiligthume?" fragte der Alte dagegen. — „Warum habt Ihr zu der schlimmen Reise eine so späte Jahreszeit ausersehen, wo die Wasser schwellen und böse Wetter einzutreten pflegen? Ihr habt hier, wenn Ihr aus Südermannland kommt, erst des Waldes Mitte erreicht, und ich darf Euch der Wahrheit gemäß nicht vorenthalten, daß die zweite Hälfte die schlimmere ist, rathe Euch also, lieber den größern Umweg zu machen, und in kürzester Richtung aus dem Walde in das angebaute Land zu ziehen, wo Ihr dann von Hof zu Hof nächtlich Unterkommen findet, statt hier unter den Bäumen in Gefahr vor wilden Thieren und Räubern!" —

„Macht die Frauen nicht ängstlich!" unterbrach ihn Bengt Algotsson. „Ihre Zeit ist gemessen, und die Bedeckung, welche ich führe, stark genug, um das elende Gesindel, das hier vom Raubhandwerk lebt, nicht scheuen zu dürfen."

„Seib Ihr auch mit dem Wege genau vertraut?" fragte der Abt. „Sonst wollte ich Euch rathen —"

„Herr Bengt Grip ist ganz kürzlich durch biefe Gegend geftreift," fagte Erika. — „Er verfichert, fie genau zu kennen."

„Kürzlich?" wiederholte der Abt, den jungen Mann aufmerkfam betrachtenb. — „Und Ihr habt unfere Gaftfreundfchaft verfchmäht! Sonft pflegt kein Wanderer die Swintuna = Gegend und unfern Wald Kolmorden zu durchftreifen, ohne bei uns einzufprechen — habt Ihr kein Vertrauen auf unfere Zellen gehabt?"

„Dem Krieger gilt es gleich, ob er unter einem Dach ober ben Sternen übernachtet," verfetzte Bengt kurz.

„So kennt Ihr alfo bie Strafe und ihre Wahrzeichen," fagte der Abt. „Reifende, welche fie ziehen, pflegen zuvor Gottes Segen an unferer heiligen Stätte zu erflehen, Ihr werdet diefe fromme Pflicht nicht verfäumen." — Er wollte fich mit diefen Worten entfernen, denn es war fpät geworden, aber Bengt Algotsfon, welcher den Eindruck bemerkte, den feine Rede auf bie Frauen machte, hielt ihn mit bem Vorwurfe feft, dah er ihnen gefliffentlich Angft errege.

Der Abt blieb auf diefe Befchulbigung an ber

Thürschwelle stehen, heftete sein großes klares Auge ruhig auf den jungen Mann und sagte:

„Ich verzeihe Euch diesen unwürdigen Verdacht. Wenn ich die Frauen warne, sich nicht leichtsinnig in Gefahren zu begeben, die sie nicht kennen, und die Ihr nach Art der tollkühnen Jugend zu verachten scheint, so geschieht es in bester Absicht und mit Hinweisung auf den Schutz, der, wie die edle Frau sehr weise sagte, der allein wirksame ist.“

Er grüßte mit der Hand und entfernte sich. Bengt Algotssohn kräuselte seinen dichten blonden Bart mit den Fingern.

„Wäre es unter diesen Umständen nicht besser,“ sagte Frau Bonde, „wir nähmen einen zuverlässigen Führer nach dem nächsten Hofe im angebauten Hårad, und scheuten den Umweg nicht, um sicher hin und zurück zu gelangen? Mein Gemahl würde zürnen, wenn er hörte, daß wir die Warnung in den Wind geschlagen haben.“

„Und die Erzählung des Abtes von dem Morde, der erst vor wenig Monden hier ganz in der Nähe vorgefallen ist,“ sagte Erika, „darf auch nicht verachtet werden. Sie gibt der Warnung Gewicht.“

„Was bedeutet das?“ rief Bengt hastig. — „Ein elender Bauer, der bei einem wüsten Gelage oder selbst bei einem Raubanfall, den er unternommen

hat, erfchlagen worden ift — nicht einmal abfichtlich
vielleicht —"

"Woher wißt Ihr das?" fragte Erika. "Habt
Ihr bei Euerm letzten Zuge etwas von diefem Vor=
falle vernommen?"

"Ich? Was kümmert mich der Bauer!" rief
Bengt mit Stolz. "Ich höre heut zum erften Male
von der ganzen Gefchichte. Aber ich fage Euch, der=
gleichen fällt unter dem Volke alle Tage vor, nur daß
Ihr droben auf den königlichen Burgen nichts davon
hört. Keines Bauern Frau fährt zu einem großen
Gaftgebot, ohne Todtenkleider mitzunehmen, denn fie
weiß nicht, ob ihr Mann von der Luftbarkeit mit dem
Leben davon kommt."

"Das ift übertrieben abfcheulich!" rief Erika.

"Habt Ihr nie von dem anmuthigen Spiele in
Dalarne gehört?" fuhr Bengt fort, "daß Zwei einen
Gürtel um fich feftfchnallen, Jeder fein Meffer zieht
und den Andern fragt: ein wie langes Stück kalt
Eifen kannft Du in Deinem Fleifche vertragen?"

Erika wandte fich verletzt ab; Frau Bonde
fagte: "Verfchont uns, wir bitten darum, mit der
Schilderung roher Sitten, welche hoffentlich durch
den Einfluß chriftlicher Gefinnung verfchwinden wer=
den, wie alle andern blutigen Gräuel des Heiden=
thums. Wir wollen lieber überlegen, wie wir unfere

Reise fortsetzen, denn falls wir den wohlgemeinten
Rath des Abtes annehmen, so wäre es wohl Zeit,
ihn noch heut um einen Führer zu bitten, oder wißt
Ihr auch den nächsten Weg aus dem Walde zu finden, wo wir zuerst einen Odalhof treffen?

„Ich bitte Euch, Frau Katharina Bonde, thut
mir die Schmach nicht an!" rief Bengt Algotsson
mit glühendem Gesicht. „Wenn wir heimkehren an
den Mälarsee, und es hieße von mir, ich hätte Euch
nicht sicher zu führen gewußt, Ihr hättet meinem
Schutz mißtrauend, einen andern Weg eingeschlagen,
weil Ihr unter den Bauern den Schirm gesucht,
den Euch der Arm eines Edelmannes nicht zu geben
vermocht. O sprecht Ihr ein Wort für meine Ehre,
kühne Erika! Rettet mich vor der Schmach, die mir
droht! Euch kann die Wildniß keine Furcht einflö-
ßen, Ihr tragt selbst ein unverzagtes Herz in der
Brust, und ich stehe für Euer Aller Sicherheit mit
meinem Kopfe!"

Erika's Augen blitzten feurig über den Aufge-
regten, der seine Hand gleichsam flehend zu ihr erhoben hatte. — „Ihr wißt mich schlau in Euern
Bund zu ziehen," sagte sie lächelnd. „Nun, Katharina, wenn der edle Held so verzweiflungsvoll sich
gebärdet, müssen wir uns schon in seinen Willen fü-
gen: Dein Gemahl hat uns ihm einmal anvertraut,

und wenn uns auf dem andern Wege ein Unfall träfe, so fiele die Schuld allein auf uns. Bedenken wir übrigens, wie viel Zeit wir verlieren —"

„Sehr viel!" bestätigte Bengt. „Wir weichen um mehrere Tagereisen von unserer Richtung ab!"

Die bedenkliche Frau ließ sich endlich bewegen, dem ursprünglichen Plan treu zu bleiben, und am folgenden Morgen, als kaum das Tageslicht die Schatten der Nacht zu zerstreuen anfing, brach die Reisegesellschaft auf, von den Segenswünschen der frommen Väter begleitet, welche reiche Geschenke für ihr Kloster in Empfang genommen hatten.

Der Herbstmorgen war klar und schön. Im Walde spielte der Sonnenschein und hob die bunte phantastische Laubfärbung in das prachtvollste Licht, so daß Erika durch einen jener Zauberhaine zu ziehen glaubte, von denen sie aus alten Sagen gehört. Die Straße war in der Nähe des Klosters wohl unterhalten und ziemlich breit, Alles hatte ein bequemes, gefahrloses Ansehen und kein Unfall schien die Reise zu bedrohen. Bengt Algotsfon hatte übrigens nichts versäumt, seiner übernommenen Pflicht zu genügen. Eine Abtheilung seiner Bewaffneten ritt auf ziemliche Entfernung voraus, und suchte die Gegend ab, als gelte es die Sicherung eines Heermarsches, eben so zog ein anderer Trupp in einigem Abstande

nach), um einen etwaigen Ueberfall im Rücken abzu=
halten, während der Rest der Schaar mit den Hand=
pferden, welche das Gepäck der Reisenden trugen,
unter Bengt's eigener Führung dicht hinter beiden
Frauen ritt, jedes ihrer Winke gewärtig. Der junge
Ritter ließ es sich angelegen sein, durch lebhafte Un=
terhaltung den Weg zu verkürzen, zeigte sich selbst
aufs Vortheilhafteste mit seinen Reiterkünsten und
mühte sich besonders um die schöne Erika, derent=
willen er eigentlich das Geleit übernommen hatte.
Erika schien auch nicht unempfindlich gegen seine
Aufmerksamkeiten, sie hörte ihm freundlich zu, wenn
er seine Worte vorzugsweise an sie richtete, und die
Beziehungen, welche er hierein zu legen wußte, lockten
zuweilen ein tieferes Roth auf ihre Wangen, als der
frische Herbstwind ihnen anzuwehen vermochte. Bengt
Algotsson war sehr schön, seine Gestalt tannen=
schlank und schmiegsam; was ihr an nordischer Kraft
abzugehen schien, ersetzte sie durch Gewandtheit; das
Antlitz trug die gewinnendsten Züge mit einem feu=
rigen Augenpaar, das zu trotzen und zu schmeicheln
verstand; goldblondes Lockenhaar umwallte die feine
Stirn. Wer den Blick von dem anziehenden Reiter
auf die Jungfrau richtete, an deren Seite er zog, der
mußte sich gestehen, kein passenderes Paar gesehen zu
haben. Erika war gleich schlank, wenn auch bei

weitem nicht so groß als ihr Begleiter, dasselbe Gold-
blond zierte ihr reiches Haar unter dem bauschig
herabwallenden Schleier, welcher zurückgeschlagen die
volle Lieblichkeit ihres edeln Angesichtes hervortreten
ließ, in dessen Zügen sich der reinste Seelenfrieden
malte. Noch war das Herz nicht erwacht, an dessen
Pforten schon stürmisch geklopft wurde.

Katharina Bonde bemerkte wohl, was zwischen den jungen Leuten vorging, aber sie ließ sie
gewähren. Warum sollte sie ihnen die zauberischen
Stunden, wo der Schmetterling zuerst die Hülle
durchbricht und im Sonnenlichte seine Schwingen entfaltet, diese Stunden, welche schuldlosen Seelen bis
in die Tage des Alters unvergeßlich bleiben, und ach!
nur einmal, nie wieder leuchten — warum sollte sie
ihnen das süße Spiel durch unzeitige Strenge ver-
kümmern, da sie kein Hinderniß sah, in der Zukunft
ihr Glück mit Erfüllung zu krönen? Erika war
eine Waise aus dem edlen Geschlechte der Tott; sie
hing nur von Katharina's Gemahl, ihrem mütter-
lichen Oheim, ab, und besaß eine nicht unbedeutende
Aussteuer; Bengt Algotsson Grip war gleich-
falls einem guten Hause entsprossen, und stand hoch
in der Gunst des Königs Magnus. Wer sollte eine
Verbindung der Beiden, wenn sich ihre Herzen in
wahrer Liebe einander anschlossen, verhindern?

Die Sonne stieg zu ihrer Mittagshöhe; es wurde eine kurze Rast gemacht. Unter einer bemoosten Eiche, deren Aeste sich weithin streckten., ein großes Wald- rund beschattend, ließ Bengt seine Gefährtinnen ab- sitzen, das Lastpferd, welches die im Kloster reichlich ergänzten Mundvorräthe für die Frauen trug, wurde herbeigeführt, und Erika ließ es sich nicht nehmen, das Mahl mit eigenen Händen zu beschicken, so sehr die alte Dienerin dawider eiferte. Es war eine Stunde des Frohsinns, dessen Einfluß sich sogar auf den ern- sten Sinn Katharina's erstreckte. Aber so behaglich sich Erika auf dem weichen Moosgrunde, über sich das mächtige Laubdach, um sich her die romantische Waldestiefe, im Schutz des starken Armes, dem sie vertraute, bei der Freundin, die ihr jetzt das Liebste im Leben war, fühlte, so durfte doch hier kein Blei- bens sein. Bengt Algotsson überzeugte sich, daß die Rosse abgefüttert waren, ein Reiter von der Vor- hut kam durch die Bäume zurückgeritten, um den Be- fehl des Aufbruchs in Empfang zu nehmen, der Füh- rer gab ihn, und half den Frauen zu Pferd steigen, worauf sich der ganze Zug wieder in Bewegung setzte.

Nun aber veränderte sich die Gegend. Der Weg, der bisher noch immer Spuren von Gangbarkeit ge- zeigt hatte, wurde immer unscheinbarer, die Bäume drängten sich dichter heran, tiefhängende Zweige, wü-

ftes Geftrüpp hemmten das Fortkommen; mehr als
einmal mußte der Vortrab Halt machen, um sich an
zweifelhaften Stellen des Führers Belehrung auszu-
bitten. Unter diesen Umständen konnte Bengt Algotsson nicht anders, als sich von Erika, wie schwer
es ihm auch wurde, zu trennen und selbst an die Spitze
voranzusprengen, um sie den rechten Weg zu führen,
den er genau zu kennen versicherte. Einem vieler-
probten Manne seines Gefolges übergab er die Sorge
für die unmittelbare Nähe der Frauen. Erika sah
dem Jünglinge nach, wie ihn sein schwarzer Hengst
in gewaltigen Sprüngen durch die schmale gewundene
Gasse trug, welche die Bäume noch freiließen; als er
verschwunden war, blickte sie nach ihrer Freundin um,
und erröthete vor ihrem festen liebevollen Blicke, sie
wußte selbst nicht warum.

„Ich denke doch, wir werden sicher nach Wadstena
kommen," sagte sie, um nur etwas zu sprechen.

„So hoffe ich zu Gottes Gnade!" erwiederte
Katharina. „Wir haben die Fahrt ja nicht aus
Uebermuth unternommen, sondern mich treibt ja eine
fromme Verpflichtung, die ich mit Freuden erfülle.
Du, meine Erika, hast Deine Freundin nicht wollen
allein ziehen lassen, Bengt Algotsson hat sich
meinem Gemahl, den sein Amt zurückhält, freiwillig
erboten, uns zu schirmen und zu führen, da er die

Gegend genau kennt — so ist Alles auf richtigen
Wegen, und Gott heißt es gut."

„Woher aber kennt Bengt Algotsson diese
Gegend so genau?" fragte Erika. „Was hat ihn
hierher geführt? Seit ich die Wildniß mit Augen
sehe, ist mir das ein wahres Räthsel, und ich muß
ihn fragen, sobald er wieder zu uns kommt."

„Fragt der Krieger, den sein Muth in Wagnisse
führt, nach ungefährlichen Stätten?" entgegnete Katharina. „Grade hier, wo sich nach des hochwür-
digen Abtes Meinung böse Menschen zu Freveln ver-
einigen, grade hier findet ein ritterlicher Arm die beste
Gelegenheit zu Thaten, wie sie das Ritterthum vor-
schreibt."

„Gleicht Bengt Algotsson den echten Rittern
Deines Vaterlandes, von denen Du mir so oft erzählt
hast?" fragte Erika.

Die Freundin schien sich ein wenig um die Antwort zu bedenken. „Er könnte ihnen gleichen, wenn
er hohe Muster zum Nachstreben hätte!" sagte sie endlich. „Du weißt, wie hoch und theuer ich mein neues
Vaterland ehre, wo ich das Glück meines Lebens gefunden habe; ich erkenne seine Vorzüge an, aber eine
edle Blüthe will hier doch nicht recht gedeihen, ich
meine die ritterliche Feinheit gegen die Frauen, durch
welche wir uns in unserer Heimat so gesichert gegen

jede Unbill fühlen. Bengt Algotsson weiß in
Artigkeit all' seine Genossen zu übertreffen, aber auch
in ihm blitzt es zuweilen durch, daß er uns nur zum
Gehorchen bestimmt glaubt, da wir doch, wenn auch
unsern Herren unterthan, ihnen zur Seite, nicht zu
Füßen stehen sollen."

„Bewußtsein der Kraft in unsern nordischen Helden!" entgegnete Erika. „Es kommt nur darauf
an, welche Stellung die Frau einzunehmen weiß:
Du gibst das Beispiel, Katharina. Aber hohe
Muster im Frauendienste? — Stellst Du ihn so
hoch?"

„Ich sprach im Allgemeinen vom Ritterthum!"
rief Katharina warm. „Edle Begeisterung für das
Hohe und Schöne, freudige Hingebung, Aufopferung!
Und noch Eins, was in unserm Norden sparsam ge-
deiht: Erbarmen gegen die Feinde!"

Erika richtete ihr dunkelblaues, von innerm Feuer
durchglühtes Auge auf die Freundin. „Darin magst
Du Recht haben," sagte sie gedankenvoll. „Eine
Schmach vergeben fällt unserm nordischen Blute gar
schwer."

„Aber es ist der schönste Sieg, den ein christliches
Gemüth erringen kann!" rief Katharina. „Die
Vorschrift des Herrn: Liebet eure Feinde! verkündet

Girandola. I. 2

allein schon, daß seine Lehre die wahrhaft gött=
liche ist!"

Ein rauher Anruf unterbrach das Gespräche der
Frauen, und erschreckte sie. Ehe sie aber noch Besin=
nung faßten, und die Ursache erkannten, war schon
der Reiter, welchem Bengt Algotsson die Beschir=
mung seiner Schutzbefohlenen anvertraut hatte, vor
das Dickicht gesprengt, aus welchem der Mann trat,
der den Zug angeschrien hatte. Alles hielt.

„Was willst Du?" fragte der Reiter.

Es war ein alter Mann, der vor ihm stand. Er
trug die gewöhnliche Pelzkleidung der Landleute zu
dieser Jahreszeit, und war mit einem Jagdspieß be=
waffnet, was nicht auffallen konnte, indem selten Je=
mand seine Wohnung unbewehrt verließ, wenn er
nur irgend einen weitern Weg zu machen hatte. Ein
Quersack, den der Wanderer über die Schultern
trug, deutete darauf hin. Sonst war er groß und
breitschulterig, und nur die weißen Haare, welche
in starken Strähnen um die Schläfe und Lippen
und über das Kinn herabfielen, zeigten sein hohes
Alter an.

„Habt Ihr keinem Menschen begegnet?" fragte er
mit einer tiefen wohlklingenden Stimme.

„Du bist der Erste in diesem gottverlassenen
Walde!" gab der Reiter zur Antwort.

„Verlaßt Ihr nur Gott nicht!" verſetzte der Bauer
finſter.

Die Frauen hatten ſich von ihrem erſten Schrecken
erholt, und den Wanderer, der ihnen nun ganz un=
verdächtig vorkam, genauer betrachtet. „Suchſt Du
Jemand? fragte Katharina Bonde wohlwollend.
„Ich ſuche einen jungen Menſchen, meinen Sohn,"
erwiederte der Alte. „Ihr habt alſo Niemand be=
gegnet?"

„Niemand!" verſicherte Erika. „Bleibt Euer
Sohn zu lange aus? Er wird jagen!"

Das harte, gleichmüthige Geſicht des alten Bauers
verzog ſich zu einem grimmigen Lächeln. „Ihr habt
es errathen, junges Frauenzimmer!" ſagte er gleich=
ſam höhniſch. „Er iſt auf eine Jagd ausgegangen,
aber es trifft ſich auch, daß ſich das Wild zur Wehre
ſetzt. Ihr habt ihn alſo nicht geſehen?" Sein Blick
ſtreifte über die Reiter, welche ſich näher gedrängt
hatten.

Alle beſtätigten, daß ihnen, ſeitdem ſie das Klo=
ſter verlaſſen hatten, keine menſchliche Seele in der
Wildniß des Forſtes begegnet ſei, und der Alte kehrte
ſich, ohne weiter Rede zu ſtehen, um, und verſchwand
im Dickicht, wie er erſchienen war.

Darauf ſetzten die Reiſenden ihren Zug fort, und
wie in der Einſamkeit oder auf der Meerfahrt das

2 *

kleinste Ereigniß, das die Einförmigkeit unterbricht, Bedeutung gewinnt, war es auch hier die Erscheinung des alten Bauers, der seinen auf die Jagd gegangenen Sohn suchte, welche für den Rest des Rittes Stoff zu Gespräch und Vermuthungen gab.

„Das Geschlecht Eurer Bauern ist auch ein solches, wie man es in den Gauen meiner Heimat nicht findet," sagte Katharina Bonde. „Diese Halsstarrigkeit den höhern Ständen gegenüber, dieser Trotz auf ihre sogenannte Freiheit! Wenn ich mir die demüthigen Landleute in unsern Maasgegenden denke, wie sie ihr' geschornes Haupt bücken, beim Anblicke jedes Ritterhelms, jedes Frauenschleiers, wie sie weit aus dem Wege flüchten vor jeder Begegnung mit Edelleuten." —

„Und findest Du das nicht abscheulich?" entgegnete Erika lebhaft. „Kann Deine milde Seele Gefallen finden an dieser Entwürdigung der Menschen? Ist es Dir lieber, daß der Bauer vor Dir im Staube kriecht, um sich vor der Willkür, der er verfallen ist, zu schützen, als daß er frei, ein Mensch wie Du, vor Dir steht und Dich anspricht, seinem Rechte nichts vergebend, aber auch eben so wenig das Deinige schmälernd?"

„Verkennst Du mich, Erika?" rief Katharina erröthend. „Ich machte nur Vergleiche! — Aber sage mir selbst, lag in den Worten dieses alten Mannes, da er von der Jagd seines Sohnes sprach), nicht ein versteckter Sinn, der ihnen eine Bedeutung gab, die wir nicht errathen? Ich kann mir nicht helfen, ich glaube immer, er hat eine Menschenjagd, einen Raub zug gemeint! Wie lachte er hämisch! Es war ein widerwärtiger Anblick."

"So ist er mir nicht erschienen!" entgegnete Erika. "Im Gegentheil fand ich den alten Mann schön. Wie war er hoch und grade gewachsen, wie hielt er sich aufrecht für sein Alter, denn daß er sehr alt war, bewiesen seine schneeweißen Haare: hier werden die Menschen spät damit geziert. Ja, so sag' ich, denn es ist eine Zier, eine silberne Ehrenkrone, wenn sie verdient getragen wird. Mein Vater trug sie auch." — Sie sprach das letzte mit einem weichen Anklange, der ihrer muntern Stimme sonst fremd war. Aber die Erinnerung an ihren Vater, der sie als sei= nen Spätling mit zärtlicher Liebe bis an seinen Tod gehegt hatte, stimmte die Jungfrau jedesmal weich bis zu Thränen.

Katharina reichte ihr die Hand von ihrem Pferde hinüber, Beide ritten stumm durch die Schat= ten des Abends, welche sich immer tiefer um die Stämme der riesigen Waldbäume legten. — Da hör= ten sie Hufschlag von vorn, Bengt Algotsson kam

zurück, sie nach dem Ruheplatze, den er für die Nacht
auserfehen hatte, zu geleiten. Er hörte mit Auf-
merkfamkeit die Meldung, was sich zugetragen hatte,
und fragte nach dem Aussehen des Alten. — Nur
Erika wußte ihm zu genügen, den Andern war er
eben nichts mehr gewesen, als ein alter Bauer im
Pelz, wie er auf jedem Felde zu finden. Daß er
nach seinem Sohne geforscht, beachtete Bengt nicht,
er fragte nur noch obenhin, wo er geblieben sei, und
führte dann die Frauen nach der hochgelegenen
Stelle, wo unter den Bäumen die Zelte aufgeschlagen wurden, eins für die beiden Freundinnen, das
andere für ihre Dienerschaft. Die Krieger über-
nachteten ohne Dach bei ihren Roffen. Ein kurzes
Mahl, dann suchten die Frauen die Ruhe. Bengt
Algotsfon stellte selbst die Wachen aus, und
befahl, die ganze Nacht das Feuer zu unterhalten,
um die wilden Thiere, deren es in Ostgothlands
Forsten in Menge gab, zu verscheuchen. Dann warf
er sich selbst, in seinen Mantel gehüllt, zu den Seinigen, welche sich um das Feuer gelagert hatten, und
fah noch lange in die sprühende Glut, ehe er sein
Haupt zum Schlaf senkte.

2.

Es war Mitternacht vorüber. Die Brände des Feuers loderten schwächer, und sandten starken Qualm gen Himmel, den Glanz der Sterne verhüllend, welche hier und da freundlich durch die Zweige blickten. Bei den Reisenden hatte die Müdigkeit ihr Recht geltend gemacht, sie lagen Alle im festen Schlaf um das Feuer her, nur der fernen Wache Tritt wurde durch die Stille gehört, und ihr gedämpfter Ruf, durch welchen sie sich gegenseitig ermunterten, hallte von Zeit zu Zeit in der Stunde. Selbst die meisten Pferde hatten sich in das Gras gelegt. In der Luft war Bewegung, der Herbstwind brauste den Schläfern ein nordisches Schlummerlied, die Eichen rauschten, das Nachtgevögel huschte mit unhörbarem Flügelschlage kreisend vorüber, und klapperte zuweilen mit den Schnäbeln aus Verwunderung und Zorn über die lästige Helle, welche das Lagerfeuer in der Eulen Revier verbreitete.

Da raschelte es hin und wieder suchend im nächsten Gebüsch. Die schwache Glut erhellte den Umkreis nicht so weit, um des Thieres Gestalt, die aus dem Dickicht sprang, in ihrer schattenhaften Unform erkennen zu lassen, selbst wenn ein Auge wach gewesen wäre. Aber die Schläfer lagen fest gebannt.

Schnaufend, stöbernd nahte das Thier, sprang über
diesen und jenen Liegenden, nieste ein paar Mal vor
dem rothen Glanze des Feuers und schnupperte weiter, indem es die Schläfer, wie sie ihm aufstießen,
beroch. Plötzlich, nahe den Kohlen, stand es still,
groß und schwarz wie es war, sein Haar sträubte
sich, es stieß ein grimmiges Knurren aus und fuhr
mit wüthenden Zornlauten zu. Des Schlummernden
Glück, daß er ein starkes Bruststück von Stahl trug!
Er erwachte vom tödtlichen Schreck emporgerissen, er
sah über sich ein Ungeheuer mit flammenden Augen,
instinktmäßig war seine Hand rasch zum Dolche, ein
guter Stoß, und das Thier taumelte zurück, stürzte
in die Glut, welche seine Haare schnell auflodern
ließ und verendete unter Zuckungen und gräßlichem
Geheul sein Leben. Alle Reisegefährten waren auf-
gefahren, die Frauen stürzten entsetzt aus dem Zelt-
vorhange.

„Es ist nur ein Hund!" schallte Bengt's trost-
reiche Stimme. „Ihr könnt ganz ruhig sein, er ist
todt."

„Aber wie kommt er hieher?" rief Erika. „Wem
gehört er?" —

„Ein verlaufenes Thier, das auf eigene Faust die
Jagd gesucht hat," erwiederte Bengt. „Es ist in
diesen Wäldern nichts Seltenes. Beruhigt Euch

und sucht noch ein paar Stunden Schlaf. Der
Morgen ist noch fern."

Er gab Befehl, das todte Thier, dessen Anblick
die Frauen noch beunruhigte, in das Dickicht zu werfen, und bat Frau Bonde nochmals, sich die Ruhe
der Nacht nicht weiter durch das geringfügige Abenteuer stören zu lassen.

„Es ist nur, daß man also doch überfallen werden kann trotz der Wachen," sagte Katharina.
„So gut wie dieser Hund könnte sich auch ein bös-
williger Mensch in der finstern Nacht durchschleichen.
Wäre das nicht möglich?"

„Was sollte Einer uns für Gefahr bringen!"
rief Bengt Algotsson. „Einer wird es nicht
wagen, unserm wohlbewaffneten Kreise zu nahen,
wo ihn der sichere Tod erwartete, — und einer größern Schaar ist es unmöglich, ohne entdeckt zu werden, in unsere Nähe zu gelangen. Seid deßhalb
unbekümmert, und verlaßt Euch immer ganz auf
mich."

Erika hatte sich fröstelnd dicht an das Feuer
gestellt, und schien nicht Lust zu haben, ihr Lager im
Zelt wieder aufzusuchen. Katharina umschlang sie
endlich, und flüsterte ihr etwas in das Ohr, worauf
sie nach einem raschen Blick auf ihren Beschützer mit

der Freundin verschwand. Der Rest der Nacht verging aber Allen schlaflos.

Als der Morgen graute und die Zelte abgebrochen, die Rosse zur Fortsetzung der Reise gerüstet wurden, ging Bengt Algotsson noch einmal zu dem erlegten Thiere, um es zu besehen. Erika, welche seine Absicht errieth, wollte ihn begleiten; sein Abwehren und Katharina's Mahnung hinderten sie jedoch daran.

„Warum willst Du einen widerwärtigen Eindruck mit Dir nehmen?" sagte die Frau. „Horche lieber auf den Wohlklang der erwachenden Vögel, sieh droben, wie die Baumgipfel im goldenen Feuer zu glänzen anfangen, während hier unten noch Alles graue Dämmerung ist! — Es wird ein herrlicher Tag; Gott schütze unsere Reise ferner!"

Bengt kam zurück, und trieb die Reiter barsch zur Eile. Es währte auch nicht lange, so saß Alles auf, und die grüne Stätte, wo die Reisegesellschaft übernachtet hatte, blieb wieder einsam wie vorher. Nur die Aschen- und Kohlenhaufen auf dem versengten, niedergetretenen Grase verriethen, daß Menschen hier gehauset hatten, wo noch am selben Morgen wieder der Bär brummend vorüber trollte, der Eber im Boden wühlte, und schlankes Rehwild in anmuthigen Sprüngen über Busch und Gesträuch setzte.

Das Gebet der frommen Pilgerin — denn eine
Wallfahrt in Folge eines gethanen Gelübbes war
es, welche Frau Katharina Bonde zu so später
Jahreszeit aus ihrer sichern Wohnung in die Gefah=
ren einer weiten Reise führte — das Gebet der from=
men Pilgerin wurde erhört. Zwar mußten die Ge=
nossen auf der fernen Fahrt mit immer größeren
Mühseligkeiten des Weges kämpfen, oftmals sich erst
eine Straße bahnen und ebnen, wo das wilbüppig
wuchernde Gestrüpp das Fortkommen hinderte, oder
ausgetretene Bergwässer tiefe Risse in den Boden ge=
spült hatten; zwar waren sie mehrfach gezwungen,
die eingeschlagene Richtung momentan aufzugeben
und erst auf einem weitern Umwege wieder zu ge=
winnen, so daß Bengt Algotsson eines Tages
mit Schrecken sich selbst, wenn auch nicht den Frauen
gestand, daß er in eine ihm völlig unbekannte Ge=
gend gerathen sei, und sich nicht mehr zurecht zu fin=
den wisse, — aber die größere Gefahr, in die Hände
einer der zahlreichen Räuberbanden zu fallen, welche
damals in den Wäldern ihr geächtetes Leben fristeten,
hielt Gott gnädig von den Reisenden ab, und noch
an demselben Abende, als Bengt jene trostlose Ent=
deckung gemacht hatte, lichtete sich plötzlich die Höhe,
zu welcher sie seit längerer Zeit in ziemlich steilem
Aufritt emporstrebten, und sie erreichten eine Kulm,

welche ihnen eine weite, herrliche Umsicht bot, und
das Ziel ihrer Reise, von welcher sie allerdings ab-
gekommen waren, erreichbar, etwa in der Entfernung
zweier Stunden zeigte. Katharina's erste Em-
pfindung trieb sie, vom Pferde zu steigen, auf ihren
Knieen Gott für seinen Beistand zu danken; Erika
folgte ihrem Beispiele. Die Reisigen bekreuzten sich
stumm. Dann labten sich die Frauen an dem groß-
artigen Landschaftsbilde, das unter ihnen aufgerollt
war. — Sie standen auf dem hohen Amberge, welcher jetzt in das Gehege eines königlichen Thiergar-
tens gezogen ist. Unter ihnen breitete sich weithin
das Land mit seinen Hügeln und Wäldern, mit seinen Feldfluren und Dörfern, deren freilich zu jener
Zeit bedeutend weniger zu sehen waren; dort lag auch
das Kloster Wadstena in der anmuthigsten Umgebung,
nahe dabei die Feste Susenborg, die nun verschwunden ist, und jenseit blitzten die Gewässer des unab-
sehbar nach Nord und Süd gestreckten Wettersees,
über welchen die sinkende Sonne eine Brücke aus
glühenden Strahlen schlug. Es war, als könnten
sich die Beobachterinnen gar nicht von der schönen
Fernsicht trennen, die ihren Augen wohlthat, nachdem sie so lange im Bann des Forstes auf die nächsten Schritte beschränkt gewesen waren. Bengt Algotson mußte endlich an die späte Stunde erin-

nern, und daß sie noch zwei Stunden nöthig hätten,
um das Kloster Wabstena zu erreichen.

So ritten sie denn vorsichtig thalwärts in der
Richtung, welche ihnen ein schlängelnder Fußpfad
angab, der nach dem Kloster führte. Erika fragte
Bengt, ob er die Bedeutung des platten Steines
kenne, welcher droben dicht neben der vielstämmigen
Buche, die bis auf den heutigen Tag steht und die
Apostelbuche genannt wird, als ein Denkmal der
Vorzeit liegt.

„Eines alten Königs Grab; sein Name ist verweht im Sturm der Zeiten," erwiederte Bengt.

„Ein trauriges Loos!" sagte Erika. „Benei-
denswerth, wessen Gedächtniß zu den spätesten Enkeln
klingt, und niemals erlischt, so lange noch eine Zunge
die Sprache der Heimat bewahrt!"

„Und was hilft es dem, der unter dem kalten
Steine längst in Nichts verwandelt ist?" entgegnete
Bengt Algotsfon.

„Dem, was drunter liegt, der abgeworfenen Hülle
freilich nichts," sagte Erika lebhaft, „sie hat kein
Recht an den Nachruhm. Aber dem unsterblichen
Theile, dem Geiste, der ewig ist, muß es die Selig-
keit erhöhen, wenn er sich hienieden großer, edler
Thaten Gedächtniß gestiftet hat!"

„Es kehrt Keiner zurück, davon Kunde zu geben!" erwiederte Bengt Algotsson kalt.

„Wie sprecht Ihr, um Christi Willen?" rief Frau Katharina. „Was regt diese schrecklichen Zweifel in Euch auf?"

„Ich zweifle nicht!" versicherte Bengt, mit dem Zügel seines Rosses spielend. „Nur will ich diesen sogenannten Nachruhm nicht so hoch anschlagen. Die Meinungen der Menschen ändern sich; was heut gepriesen ist, wird morgen gelästert, der Liebling des Volks kann morgen seinen Fluch erfahren. Ich halte es mit dem Leben in der Gegenwart. Man benutze den Sonnenschein, so lange er uns noch umglänzt, — und darum rathe ich, edle Frauen, daß wir dieses ebene Stück Rasengrundes, das wir jetzt betreten, zu einer rascheren Gangart benutzen. Die Sonne will untergehen."

Der Zug setzte sich in schnellere Bewegung, der klingende Hufschlag auf dem festen Boden, das Rasseln der Waffen unterbrach das Gespräch, so gern es auch Katharina Bonde, von den Worten des jungen Mannes in ihrem Theuersten verletzt, weiter geführt hätte. Bengt Algotsson sprengte sogar voraus, um die vordersten Reiter anzutreiben. Der Wald, welcher die Abhänge des Berges bedeckte, hatte die Reisenden wieder aufgenommen, und ihnen

den Kreuzthurm von Wabstena, den sie von der Höhe
bereits so nahe erblickt hatten, entzogen. Schon ging
die Sonne unter, und das Zwielicht, welches die
Gegenstände immer zweifelhafter erkennen ließ, nö-
thigte wieder zu langsamerem Reiten, so daß sich Aller eine große Ungeduld bemeisterte. Endlich ging
der Mond auf und erhellte die Gegend mit silbernen
Streiflichtern, welche die dunkeln Schatten, wo sie
unburchbringlich waren, nur noch schwärzer machten.
Die Vesperglocke, welche von einer kleinen Kapelle,
die seitab im Walde liegen mußte, herklang, hätte
die Reisenden fast von der eingeschlagenen Richtung
abgelockt, weil selbst Bengt Algotsson für einen
Moment die Entfernung vergaß, wenn nicht Erika's
scharfes Ohr daran gemahnt hätte. Bengt konnte
diese kleine Beschämung lange nicht verwinden.

Da öffnete sich, als sie es am wenigsten ver-
mutheten, vor ihnen der Wald. Eine lange, däm-
mernde Strecke, scheinbar unbegrenzt, dehnte sich in
die Ferne, seitwärts aber rollten die Fluten des Wettersees, wie ein wallender Silberstreif, und das Ziel
der Fahrt konnte nicht mehr fern sein. Die Reiter
trieben ihre müden Pferde an; noch ein letzter langer
Trab, da hoben sich endlich aus dem ungewissen
Flimmern der Ferne feste Umrisse, und sie erreichten
das Thor des Klosters. — Schon war es spät am

Abend; kein Laut innerhalb der Mauern verkündigte, daß sie von Lebenden bewohnt sind; nur aus den Fenstern des Kirchleins schimmerte ein schwaches Licht.

„Klopft bescheidentlich an," bat Katharina Bonde den Ritter, welcher abgesessen war und sich der Pforte näherte.

Er schien Anstand zu nehmen, die feierliche Stille zu stören; endlich that er einen dröhnenden Schlag wider das Holz. Lange währte es den Harrenden, ehe von innen eine Stimme laut wurde, die nach dem Begehren fragte.

„Unterkommen erbitten wir!" rief Bengt Algotson fast trotzig.

„Wir kommen in frommer Absicht, ein Gelübde zu erfüllen," setzte Katharina schnell hinzu. „Wir bitten um eine liebevolle Aufnahme für eine Nacht, wenn es der heiligen Regel nicht zuwider läuft."

„Ihr kommt mit Rossen und Reitern?" fragte des Pförtners Stimme zweifelhaft.

„Es ist unser treues Geleit!" versicherte Katharina. — „Meldet der frommen Frau, welche dieses Heiligthums Gründerin ist, unsere Namen: ich bin die Ehefrau Ulf Amundssons Bonde, und mit mir ist die Tochter Niels Tott, welche beide Männer wohl bekannt sind. Ich habe dem Herrn ein

Gelübbe gethan für die Genesung eines schwer er=
krankten Kindes, und will es erfüllen, da mein Ge=
bet gnädig erhört worden ist."

Die Rede blieb ohne Antwort, der Pförtner ent=
fernte sich schweigend, um die Befehle seiner Obern
einzuholen. Sehr lange währte es, ehe er zurückkam,
und Bengt Algotsson fühlte sich versucht, von
Neuem anzuklopfen. Da rasselten plötzlich die schwe=
ren Riegel und Schlösser, welche den Eingang sperr=
ten, die Pforte ging knarrend auf, und über der
Schwelle erschien die dunkle Gestalt ihres Hüters,
eine trübe Leuchte in der Hand:

„Gesegnet sei, wer im Namen des Herrn kommt!"
sprach er feierlich.

„In Ewigkeit, Amen!" setzte Katharina bemü=
thig hinzu. Bengt half ihr und ihrer guten Freun=
din vom Rosse.

„Beiden Frauen ist der Eingang in unsere Zelle
gestattet," sagte der Pförtner. „Das Gefolge soll
sich draußen zur Nacht einrichten, es ist ein Obdach
wider Sturm und Regen erbaut, dort soll für Mann
und Roß gesorgt werden."

„Unser Begleiter ist ein Edelmann von Rang,
beim Könige hoch angesehen," wandte Frau Katha=
rina ein, da sie Bengt's unwillige Bewegung
wahrnahm. „Könnte nicht Er wenigstens —"

„Das kann nicht sein!" erwiederte der Pförtner. „Des Königs Gnade ist viel werth, aber sie kann hier nicht in Betracht kommen."

„Laßt nur gut sein, edle Frau," sagte Bengt Algotsson. „Ich bin nicht verzärtelt. Schlaft wohl."

Er gebot mit lauter Stimme seinen Reitern ihm zu folgen, wohin ein Laienbruder, der mit einer Kienfackel erschien, den Weg zeigte; die beiden Frauen traten über die Schwelle des Heiligthums.

Der Pförtner führte sie bis an des Kreuzganges Ende, wo sich die Flügel des Klosters trennten. Dort bedeutete er sie, dem erhellten Corridor zu folgen, dessen Bann zu überschreiten ihm die Ordensregel wehrte; er zeigte ihnen die Thür, an welcher sie klopfend Einlaß finden würden, und ließ sie allein. Das Herz schlug den beiden Frauen, als sie sich in dem todtenstillen Gebäude verlassen sahen; sie eilten der bezeichneten Pforte zu, die sich ihnen auf das leiseste Klopfen sogleich öffnete. Eine dienende Schwester im Ordensgewande empfing sie mit demüthigem Gruße, und führte sie weiter in ein kleines Gemach, wo nach kurzem Harren die fromme Frau, welche das Heiligthum gegründet hatte und ihm selbst mit Bewilligung des Papstes vorstand, zu ihnen trat. Es war Brigitta Pehrson, die Wittwe des Land-

richters Ulf Gudmundsfon in Nerike, des Königs
Verwandte.

Wohlwollend empfing sie die beiden Wallfahre-
rinnen, hörte mit mildem Antheil, welches Gelübde
die Muttersorge gethan und lobte den frommen Eifer,
der sie so schnell zur Erfüllung getrieben habe. Dann
befahl sie der dienenden Schwester, für die Pilgerinnen in jeder Art zu sorgen, und entließ sie nach der
Zelle, welche für sie bereitet war.

„Nicht eine Frage that sie nach der Welt und
ihren Ereignissen!" sprach Erika verwundert, als
Beide wiederum allein waren. „Wenn man so lange
von Allen getrennt ist, für welche man einst und doch
wohl noch! — Antheil gehegt, muß es doch ein
wahres Labsal sein, Nachricht zu hören — ich begreife das nicht!"

„O ich begreife das wohl!" rief Katharina.
„Ein Herz, das sich alles Irdischen entschlagen, ganz
Gott geweiht und in Beschaulichkeit versenkt hat,
dem liegt die Welt mit ihren kleinlichen Ereignissen
fernab, und die Erinnerung daran könnte nur einen
Mißklang in die selige Harmonie seines Friedens
bringen."

Erika erwiederte hierauf nichts, ihrem Sinne
war eine solche Selbstverleugnung nicht zusagend;
sie hielt sich an das frische, sprudelnde Leben, das

ihr, der Glücklichen, noch keine Täuschungen bereitet hatte.

Der Morgen fand Beide schon wach und bereit, am Altare ihre fromme Verpflichtung zu erfüllen. Die Glocken riefen zur Frühmesse. In stummer Bewegung verließen die Pilgerinnen ihre Zelle, und schlossen sich den Nonnen an, die in ihren grauen Gewändern, die Krone von drei weißen Streifen mit den fünf rothen Flecken auf dem Schleier, nach der Kirche wallten. Dieser Orden, wo Mönche und Nonnen unter Einem Dache, aber einander nie sehend, in Mariendienst und gottseliger Betrachtung lebten, ist nun längst eingegangen; er hat aber im Mittelalter gar viele Klöster im Norden, in England, Niederland, Deutschland, in Italien und Portugal besessen, und sein berühmtestes war Sanct Salvator zu Augsburg, wo Oecolampadius ihm angehörte. Zu der Zeit freilich, als Katharina Bonde mit ihrer jungen Freundin sein Heiligthum betrat, war es ihm, dem neugestifteten, vor kaum sechzehn Jahren erbaut, und es war noch sein einziges, da die Bestätigung des heiligen Vaters von Rom erst unlängst eingegangen war, seine weitere Verbreitung zu fördern.

Mit inbrünstigem Gebete hatte die Mutter Gott und der heiligen Jungfrau für den Beistand und

Trost gedankt, welcher ihr die Stunde der Gefahr
gnädig vorübergeführt; sie hatte die reichen Spenden,
mit welchen sie das Kloster bedachte, niedergelegt,
und erhob sich mit neugestärkter Seele. Ihr Gelübde
war gelöst, der Segen der Aebtissin begleitete fir, als
sie sich von ihr beurlaubte, um die Rückreise anzu-
treten.

Da äußerte die Klosterfrau zum ersten Male, daß
sie die Welt, so weit sie es für ihre Pflicht hielt,
nicht vergessen hatte. Sie fragte Katharinen, ob
sie den König Magnus sehen werde? und da es
Frau Bonde bejahte, sprach sie ernst: „So sagt
ihm, daß er meiner gedenke." — Katharina versprach es. Noch einmal legte die Aebtissin ihre
Hände segnend auf die demüthig geneigten Häup-
ter der Pilgerinnen, dann verschwand ihre hohe
Gestalt durch die Thüre, welche nach ihrer Zelle
führte.

Draußen war Alles zur Abreise bereit. Bengt
Algotsson, den man benachrichtigt hatte, hielt mit
den gesattelten Rossen und seinem ganzen Geleit vor
der Pforte und wartete auf die Frauen. Sie erschienen, ein paar Laienbrüder waren dienstfertig, für die
weite Reise Lebensmittel aus dem Vorrathe des Klosters zu bringen, wie es die Aebtissin befohlen hatte.
Frau Katharina dankte ihnen und belohnte sie,

während Erika den feurigen Gruß des Ritters mit
Freundlichkeit erwiederte.

„Ich fürchtete schon, man würde Euch in jenen
düstern Mauern festhalten!" sagte er.

„Mich niemals!" erwiederte Erika. „Ich müßte
denn recht bittere Erfahrungen machen, Alles in Trug
und Lüge zerrinnen sehen, worauf mein Vertrauen in
der Welt gesetzt ist."

„Bengt Algotsson ließ seinen Blick über den
schwerbezogenen Himmel streifen, der mit Regen
drohte. Das Wetter hatte sich überhaupt merklich
verändert; ein kalter Wind blies empfindlich und stät
aus Nordwest, und führte das Herbstlaub der Bäume
weit über die Flur.

„Ihr solltet den sichern Weg, wenn er weiter ist,
wählen," rief Einer der Laienbrüder, indem er nach
der Himmelsgegend ausschaute, wo sich das Gewölk
immer mißfarbiger, gleich einer Bleidecke, ausspannte.

„Wie könnt Ihr den Frauen Angst machen!"
schalt Bengt Algotsson rauh.

„Ich halte es für meine Pflicht," sagte der Laienbruder demüthig. „Es wird Regenwetter kommen,
das zu dieser Zeit viele Tage anhält und das Fortkommen im Walde erschwert, ja zuweilen unmöglich
macht. Es ist doch auch kein Spaß, im Regen unter
freiem Himmel zu übernachten."

„Wir haben Zelte," beschied ihn Bengt ziemlich unfreundlich auf den wohlgemeinten Rath.

„Aber auf dem andern Wege findet Ihr für jede Nacht ein gastliches Unterkommen auf einem Frei= hofe," sagte der zweite Laienbruder. „Ich will ihn Euch, dafern Ihr nicht genau Bescheid wißt, an= geben."

„Spart Euch die Mühe!" unterbrach ihn Bengt Algotsson. — „Wir wissen unsern Weg zu fin= den, und daß er ohne alle Gefahr ist. — Seid Ihr fertig zum Aufbruch, edle Frauen?"

„Aber, verzeiht mir, die Warnung des frommen Bruders scheint mir doch nicht zu verachten," sagte Frau Bonde. „Der Regen fängt schon an, und wenn wir durchnäßt unsere Haltstatt gewinnen, so werden wir am Ende bereuen, den Rath in den Wind geschlagen zu haben."

„Ja wohl!" rief Erika. „Kein Feuer wird brennen, wir werden unsere Regentücher nicht trock= nen, und vor Frost und Nässe zittern, die ganze Nacht hindurch; dagegen wir auf den Freihöfen geborgen und sicher schlafen."

„Auch meine kühne Erika zagt vor den kleinen Mühen und Unbequemlichkeiten eines Herbstrittes durch Gottes freie Natur?" sagte Bengt. „Sie zieht die dumpfen, rauchgeschwärzten Balken einer Bauernhütte der festen Zeltdecke vor, welche sie gleich gut schützt? Ich verkenne Euch, schöne Erika, zum ersten Male in meinem Leben!"

„Aber warum, warum besteht Ihr so hartnäckig auf Euerm Sinne?" rief Erika mit Unmuth. „Ihr müßt einen besondern Grund haben!" — Ihr Auge blitzte forschend in das seinige, das sich ihr flüchtig einen Moment entzog, und erst dann mit kecker Zuversicht wieder nahte.

„Wie kommt Ihr darauf!" entgegnete Bengt. „Ihr seid mir anvertraut, die Zeit ist edel, ich will sie nicht auf unnützen Umwegen vergeuden. Das ist mein Grund, wenn Ihr ihn wissen wollt."

„Aber Ihr könnt doch einmal nachgeben!" sagte Erika mit einem kleinen Trotz, der ihrem Gesichte allerliebst stand.

„Ich werde es in Allem, was Eure Wünsche jemals von mir fordern," rief Bengt warm. „Hier kann ich nicht glauben, daß es Euer Ernst ist. Ihr seid so kühn und stark an Geist, daß ich Euch eine Schmach anthäte, wollt' ich das glauben."

„Doch, doch! Wär' es auch nur, um Eure Nachgiebigkeit gegen meine Wünsche auf die Probe zu stellen!" entgegnete Erika.

Frau Katharina hatte sich während dieses Ge-
sprächs im Sattel eingerichtet, und möglichst fest in
das starke Regentuch gehüllt, sich vor der Witterung
zu schützen, welche immer unfreundlicher wurde.
Bengt Algotsson sah, daß nun Alles zum Auf-
bruche bereit war, er hatte einen Augenblick mit sich
Raths gepflogen, und sagte jetzt lächelnd zu Erika,
während der Zug sich in Bewegung setzte: „Wohlan,
eigensinniges Fräulein, Ihr sollt Euern Willen haben.
Wir werden unsern schönen, wenn auch einsamen
Waldweg verlassen und die Wohnungen der Bauern
aufsuchen, nach denen Ihr so herzinnig verlangt.
Hab' ich auch meine Meinung nicht aufgegeben, daß
wir nicht besser fahren, sondern nur unnöthig Zeit
verlieren werden, so will ich Euch doch den Beweis
meiner Nachgiebigkeit liefern. — Möchten meine
Wünsche nur auch so leicht erfüllt werden!" — setzte
er leiser, mit einem Seufzer hinzu.

„Wir sollten uns doch einen Führer erbitten, und
so von Hof zu Hof!" sagte Katharina, sich nach
den Laienbrüdern umsehend, welche noch vor der
Klosterpforte standen.

„Ich weiß auch dort Bescheid," versicherte Bengt,
„und wüßt' ich es nicht, so versteht der Krieger sich
leicht zurecht zu finden."

Der Zug nahm eine andere Richtung, als woher

er gekommen war. Er ließ den Wald, deſſen Bäume
nur durch einen grauen Schleier blickten, zur Rechten,
und wandte ſich ganz ab, als gelte es, das nördliche
Ufer des Wetterſees zu gewinnen. — Der laute Ruf,
welchen die Laienbrüder nachſchickten, blieb unbeachtet,
Erika, welche ſich umſah, machte Bengt aufmerk=
ſam darauf, und daß ſie heftig mit den Armen wink=
ten, aber Bengt ſagte leicht: „Sie wollen mir durch=
aus ihren Weg, den ſie terminirend durchwandern,
aufdringen. Des Kriegers Pfad geht aber gradaus,
wie ein Pfeilſchuß. Verlaßt Euch nur ganz auf mich,
und ſeid ohne Sorgen.“

Es ging im feinen, einbringlichen Regen, der un=
abläſſig vom gleichförmig umzogenen Himmel ſtöberte,
weiter. Einzelne Windſtöße, welche ſchräg über den
Wetterſee herſauſten, machten ſich auf der Blöße des
Weges um ſo fühlbarer. Die Frauen wurden ein=
ſilbig. Da hier keine Gefahr vor irgend einem feind=
lichen Ueberfalle drohte, hatte Bengt Algotsſon
ſeine Schaar nicht vereinzelt, ſie ritt im dichtgeſchloſ=
ſenen Haufen hinter ihm, der ſich wie immer an
Erika’s Seite hielt, und das Geſpräch zu beleben
ſuchte. — Es wollte ihm aber nicht recht gelingen.

„Ihr bereut wohl ſchon, auf Euerm Sinne be=
ſtanden zu haben?“ fragte er. — „Im Walde hätten
wir Schutz vor dem Sturm und großentheils auch

vor dem Regen, der vielleicht schon vor Abend auf-
hört. Die frommen Brüder, welche selten ihre Zellen
verlassen, sind schlechte Wetterpropheten. Ein lustiges Feuer würde dann Alles getrocknet, und auch
Euern Muth wieder belebt haben, der mir gar sehr
zu sinken scheint."

„Wer sagt Euch das?", entgegnete Erika. „Ich
will jede Gefahr bestehen; nur dieser lästige, leise
Regen, der so Tropfen um Tropfen fällt, nicht stärker,
nicht schwächer, der macht mich matt. Lieber ein tüch-
tiger Sturm und Guß, als diese langweilige Spru-
delei, die mich ganz traurig werden läßt."

Sie ritten wieder eine geraume Strecke, und beide
Frauen fingen an, von Wadstena und seinen klöster-
lichen Einrichtungen zu sprechen. Katharina wandte
sich zu Bengt Algotsson, und fragte sanft, ob
auch er seine Andacht bei den frommen Mönchen,
wie sie ihrer Seits bei den Klosterfrauen, verrichtet
habe?"

„Mir war ja der Eintritt versagt!" erwiederte
Bengt, sein Haupt schüttelnd.

„Wie?" rief Katharina. „Das galt für die
erste Nacht und nur in unserer Begleitung! Ihr habt
nicht Einlaß gesucht im Tempel des Herrn, der allen
Christen offen steht; und seid doch schon so lange seiner Wohlthaten durch diese Reise beraubt?"

„Ich hielt das Verbot für unumgänglich," sagte Bengt.

„Das ist nicht gut!" versetzte Katharina. „Wie konntet Ihr das glauben? Welcher Grund mochte hinreichend sein, Euch die heilige Stätte zu wehren? Ihr hättet nicht so leichtsinnig sein sollen, verzeiht mir. Das ist nicht gut.".

„Ich werde die Versäumniß zu Stockholm nachholen," sagte Bengt.

Sein Ton, welcher zweideutig klang, verletzte das innerste Gefühl der frommen Frau. Sie konnte nicht schweigen, sie richtete Worte an ihn, welche ihn mild ermahnten und zurechtwiesen. Er nahm es geduldig hin.

3.

Auf dem Freihofe, wo die Reisenden die erste Nacht ihrer Heimkehr zugebracht hatten, zog Bengt Algotsson, mit dessen Kenntniß der Gegend es doch nicht so gut bestellt sein mochte, Erkundigungen über das weitere Fortkommen ein. Der Besitzer nannte ihm die Namen der Höfe und ihrer Bewohner, welche in der Richtung nach dem Motalastrom lagen, und als er auf denjenigen kam, den er als den letzten bezeichnete, rief Bengt: „Der ist ja dem Kolmordenwalde wieder ganz nah! Warum hätten wir denn

diefe Straße eingefchlagen, wenn wir boch wieder in
die alte fämen?"

„Ihr kommt nicht wieder hinein!" verficherte der
Bauer. „Ambjörn's Hof liegt eine Tagereife von
der Swintuna."

„Aber ich will weiter links über den Motala-
ftrom," fagte Bengt herrifch. — Darauf wußte ihm
der Bauer keinen Befcheid zu geben, und Bengt
ftieg verdroffen zu Pferde, indem er fich gleichwohl
bemühte, feine Ungewißheit vor den Frauen zu verbergen. Er folgte der angegebenen Straße noch für
heut, und nahm fich vor, es auch in den nächften
Tagen zu thun, bis er eine Gelegenheit erfehen würde,
fie in der Richtung, welche er fich in den Kopf gefetzt
hatte, zu verlaffen.

Das fchlimme Wetter hielt, wie es der Laienbruder in Wadftena prophezeiht hatte, mehrere Tage
an. Der Regen ließ nur felten nach, die Kälte wurde
immer empfindlicher. Erika, deren leicht zu ermü-
bende Gebuld längft am Ende war, fehnte fich herz-
lich nach Haufe, gleichwohl konnten fie bei den oft
grundlofen Wegen nur kleine Tagereifen machen, wie
es die Lage der Freihöfe, welche keine Wahl übrig
ließ, grade vorfchrieb. Katharina's dulbendes Gemüth bewährte fich auch hier; fie ertrug die Müh-
feligkeiten mit ftiller Ergebung, und richtete ihre junge

Freundin, welche das nicht gelernt hatte, durch ihr beschämendes Beispiel auf.

Sie waren jetzt an den Punkt gekommen, wo sich ihnen, seitwärts den Horizont säumend, der Wald Kolmorden zeigte. Da bog Bengt Algotsson in einen unscheinbaren Pfad ein, den graben Weg, der nach dem letzten Freihofe der Gegend führte, verlassend, er hatte erfahren, daß er auf diese Weise, wenn er die Wahrzeichen nicht verlor, zum Motalaströme gelangen müßte, den er dann gleichviel wie überschreiten konnte, und wäre es auch nur, dem Laufe des Flusses bis zum nächsten Uebergangspunkte folgend. Noch war es früh am Tage; der Wind hatte seinen Strich geändert, der Regen schien nachlassen zu wollen. Schlimmsten Falles wäre also eine Nacht im Freien kein Unglück gewesen. Die Frauen mußten von dieser Eigenmächtigkeit ihres Führers nichts; sie hatten nicht einmal bemerkt, daß er einen andern Weg eingeschlagen, und waren zu sehr an spurlose Pfade gewöhnt, als daß ihnen dieser hätte auffallen können. Bengt war überaus lebhaft und froher Laune, er schien erst, seitdem er sich wieder in's Abenteuer geworfen hatte, seinem frühern Sinne zurückgegeben zu sein, in den letzten Tagen war er in augenscheinlicher Spannung gewesen.

Der Abend nahte endlich nach einem mühseligen

Ritte, und Erika's Augen suchten vergebens in der Ferne nach dem wirthlichen Obdache für die Nacht. Ueberall Haidelanb, mit Gestrüpp bestanden, wüst liegende Felder, welche eine frühere, zahlreichere Bevölkerung, ehe sie die große Pest des Nordens gelichtet, vor Zeiten wohlbebaut hatte. — „Wie hieß der Odalbauer, dessen Hof uns für heut' aufnehmen sollte?" fragte Erika.

„Ambjörn Knutson," erwiederte Katharina Bonde an des Begleiters Statt.

„Ich fürchte, wir werden seinen Hof nicht mehr erreichen," sagte Bengt, sich rings umschauenb. „Die Entfernung ist zu groß für den schlechten Weg und unsere tobmüden Pferde. Ich sehe, daß es schon dunkel wird, der Regen hat aufgehört; dort auf der Höhe wird es trocken sein, und ich schlage vor, unsere Zelte aufzuschlagen. — Erika Tott wird der Bauernhöfe wohl jetzt auch müde sein, und nicht vor einer Nacht im Freien zagen."

„Schafft Feuer, so bin ich es zufrieden," erwiederte sie rasch.

„Und Ihr, edle Frau?" fragte Bengt, sich zu Katharina wenbenb. „Wir kommen, wenn uns die Finsterniß überfällt, in Gefahr, unsere geringe Wegspur ganz zu verlieren." — Das war bereits geschehen, Bengt verschwieg es aber weislich.

Frau Bonde gab ihre Einwilligung; sofort ging
es im raschen Trabe der Höhe zu, wo man eine ver=
hältnißmäßig trockene Stelle fand. Hier wurde ab=
gesessen, und das Lager aufgeschlagen. Nicht so leicht
war es, ein Feuer anzuzünden, Holz fand sich zwar
vor, aber es war naß, und die Versuche, es zum
Brennen zu bringen, mußten endlich aufgegeben wer=
den. Noch im Zwielicht verzehrten die Reisenden
daher das Mahl, das sich aus den Vorräthen halten
ließ, und suchten dann die Ruhe. — Es war eine
kalte stürmische Nacht; die Zelte wankten mehr als
einmal, dem Einsturz nahe, und beide Frauen dankten
Gott, als endlich der Morgen zu grauen anfing, wo
sie von der schlaflosen Rast mehr ermattet als gestärkt,
wieder zu Pferde steigen konnten.

Nachdem sie eine Strecke an der Höhe niederwärts
geritten waren, und noch immer keines Weges Spur
erblickten, äußerte Frau Bonde ihre Besorgniß darüber.

„Ihr seht, wir hätten besser gethan, unsere Wald=
straße nicht zu verlassen," erwiederte Bengt kalt.
„Wir hätten uns bei den guten Mönchen für ein
paar unangenehme Nächte schadlos gehalten, und
wären jetzt wohl schon über Ostgothland's Markstein
hinaus. Laßt Euch jetzt die Ungeduld nicht über=
kommen."

Seine letzten Worte ließen es zweifelhaft, ob er

selbst seiner Sache nicht auch ungewiß sei, und Erika
fragte ihn geradezu.

„Ich bringe Euch sicher in das Haus des Truch-
sessen Ulf Amundsson zurück," erwiederte Bengt.
„Ihr wißt selbst nichts mehr vom Wege!" rief
Erika. — „Gesteht es nur, Ihr könnt Ambjörn's
Hof nicht finden."

„Und wär' es der Fall, so glaube ich dadurch
nichts verloren!" entgegnete Bengt. — „Vorwärts
kommen wir an den Strom, der Ostgothland quer
bis zum Meere durchschneidet, dort können wir nicht
mehr irren."

Nach einer längeren Stille trafen sie wieder auf
einen Fußsteig, der ziemlich ausgetreten war. Bengt
wollte quer darüber hin, aber die Bitten beider Frauen
bewogen ihn endlich, denselben einzuschlagen.

„Sagt mir um des Himmels Willen, warum
wolltet Ihr nicht?" fragte Erika. „Ein Verirrter
danket Gott, wenn er wieder eines menschlichen We-
sens Spur erblickt, und Ihr verachtet und flieht sie,
als wären wir Räuber, welche sich vor den Menschen
verbergen müßten! — Erklärt mir das, Bengt Algotsson."

„Ich weiß, daß uns dieser Steig hinführt, wo
unsere Richtung verloren geht," erwiederte Bengt
unwillig.

„Er führt doch zu einer menschlichen Wohnung," sagte Erika. — „Dort können wir uns Raths erholen, denn Ihr wißt keinen mehr, Ihr reitet mit uns auf gut Glück, und könnt mir wenigstens Eure Zuversicht nicht glaublich machen."

„Ja, ja, mein ritterlicher Freund," setzte Katharina begütigend hinzu, „laßt uns ohne Verzug diesem Wege folgen. Der Hof, zu dem er führt, kann nicht mehr weit sein."

Er ließ sich aber, troß des raschen Rittes, noch binnen einer Stunde nicht sehen. Der Weg schlängelte sich in großen Krümmungen weiter, und schien endlich gar der Waldung zuzuführen, deren dunkle Masse wieder näher trat. Bengt äußerte sich darüber, und drang ernstlich darauf, dieses unnüße Beginnen aufzugeben, als Erika, deren schwaches Auge unablässig in der Ferne spähte, plößlich ausrief: „Ich sehe den Freihof!"

Bengt Algotsson erkannte ihn nun auch, sagte aber kein Wort. Er blickte nur immer scharf nach den Häusern, die sich deutlicher aus dem unbestimmten Nebelgrau des Hintergrundes abzeichneten, von einer mächtigen Eichengruppe überragt. Sein Roß that in diesem Augenblicke einen Fehltritt, er strafte es mit grimmigen Spornstößen, daß es ächzend in die Luft sprang. — Dann sprach er, von dem Saße

ein wenig athemlos: „Ich werde vorauseilen, um
mich bei den Bewohnern nach dem Wege zu erkun=
digen. Wahrscheinlich brauchen wir nicht erst nach
dem Hofe. — Es wäre doch wahrlich zu früh, schon
die Mittagsrast halten zu wollen."

Damit stachelte er sein Roß zu gestrecktem Laufe,
ohne den Einspruch der Frauen zu beachten. Balb
war er ihnen weit voraus, aber Erika rief: „Wir
müssen auch hören, was die guten Leute sagen. Eine
Stunde Rast, eine warme Suppe am Feuer wird uns
nach der abscheulichen Nacht wohl thun, auch wenn
es noch nicht Mittag ist." —

Sie befahl schärfer zu reiten, ihre Freundin
lächelte, aber Alles folgte ihr im frischen Galopp.
Als sie dem Hofe nahten, bemerkten sie, daß Bengt
Algotsson schon abgesessen war, und vor der Thür
mit einem jungen Weibe sprach, das ein Kind auf
dem Arme trug. Er sah sich nach dem kommenden
Zuge um, und sprach dann eifrig weiter, bis die
Seinigen ganz in die Nähe gelangten. Da ging er
ihnen entgegen, und sagte: „Wir werden hier keine
Aufnahme finden. — Der Besitzer ist nicht zu Hause."

„Aber dort scheint doch seine Frau zu sein!" rief
Erika. — „Sollte sich hier schwedische Gastfreund=
schaft verläugnen?"

„Es ist seine Tochter," erwiederte Bengt. —

4*

„Sie ist nicht ermächtigt, während der Abwesenheit des Vaters Fremde aufzunehmen, was den Leuten in dieser unsichern Zeit auch keineswegs zu verdenken ist."

„Ich will selbst mit ihr sprechen," sagte Erika entschlossen. Die junge Frau wollte eben in das Haus zurücktreten. Erika's Ruf bannte sie an ihre Stelle. Sie war, wie die Reisenden jetzt bemerkten, von schlankem Wuchs und auffallend schönen Gesichtszügen, aber sehr bleich. Das Kind schmiegte sich ängstlich vor den Fremden an ihren Busen. Sie liebkoste es stumm, und richtete einen schlauen Blick auf die vornehme Dame, welche mit ihr zu sprechen kam.

„Wollt Ihr uns wirklich von Eurer Schwelle weisen?" fragte Erika. — „Was könnt Ihr von uns Frauen zu befürchten haben, wenn Ihr uns eine Stunde an Eurem warmen Herde aufnehmt?"

„Ich darf nicht," sagte das junge Weib, ohne ihr gesenktes Auge vom Boden zu erheben.

„Euer Vater hat sein Verbot gewiß nicht so verstanden," entgegnete Erika. „Ihr seht doch, daß wir Frauen Euch nichts Böses zufügen werden, wir wollen Eure Gastfreundschaft reich belohnen; nur wir Beide allein wünschen uns ein Weilchen zu erholen und zu wärmen. Kein Mann soll Eure Schwelle überschreiten."

„Könnt Ihr, eine Mutter, unsere Bitte abschlagen?" setzte Katharina hinzu.

Das junge Weib zuckte betroffen, sie hob ihr großes blaues Auge schnell empor, und ließ es zaghaft
und zweifelnd über die Begleiter der beiden Frauen
irren, welche sich dicht herangedrängt hatten. Plötzlich senkte sie ihren Blick wieder, und sagte schüchtern:
„Nun so kommt in Gottes Namen."

Die Reisenden saßen ab, Bengt wollte die
Frauen in das Haus begleiten. „Auf keinen Fall!"
rief Erika, ihn zurückweisend. — „Ich habe der
guten Wirthin mein Wort gegeben, daß wir Beide
allein kommen werden, daß kein Mann ihre Schwelle
überschreiten soll. Das muß ich halten."

„O da geht Ihr zu weit," entgegnete Bengt
Algotsson. — „Nicht wahr, ich darf?" rief er
dem jungen Weibe zu.

„Ja!" sagte sie augenscheinlich zitternd, kaum
hörbar.

„Auf keinen Fall!" wiederholte Erika mit großer Bestimmtheit. — „Ihr seht, welche Angst Eure
Forderung der Armen macht, und wie sie nur aus
Furcht vor Gewaltthat sich nicht getraut, sie abzu-
schlagen. — Wenn Ihr die geringste Achtung vor
meinen Wünschen habt, so bleibt Ihr braußen."

„Erika!" rief der Ritter.

„Wahrhaftig, ich begreife nicht, was Euch in das Haus führen könnte?" fuhr Erika fort. — „Ihr habt uns selbst die freie Luft angepriesen; das Wetter ist gut; Ihr werdet Euch ganz wohl auch draußen befinden."

Ihr Ton, der spottend klang, war dem Ritter empfindlich; er trat zurück. Beide Frauen überschritten des Hauses Schwelle, und die Bewohnerin desselben folgte ihnen erst, nachdem sie noch einen ängstlichen Blick nach dem Zurückbleibenden gethan hatte. — Bengt Algotsfon kehrte sich dann zu den Seinigen, und schlug einen Troßbuben, der ihm eben in den Weg kam. Er war in sehr übler Laune.

Das Gemach, in welches Frau Katharina mit ihrer Gefährtin trat, glich in seiner Einrichtung allen Wohnungen des schwedischen Volkes in jener Zeit. Es war leer an Schmuck und Bequemlichkeiten, hatte seine Fenster im Dache, und rings umher nur einige Bänke, vor welchen ein paar mächtige Tische von Eichenholz standen. Doch gewann es ein wohnliches Ansehen dadurch, daß der Fußboden mit frischem Stroh gestreut, und jede Bank, jeder Tisch mit der sorgfältigsten Reinlichkeit blank gescheuert war. Auf dem Herbe brannte Feuer, den Gästen eine willkommene Erscheinung. Katharina hatte sich nahe der wärmenden Glut niedergelassen; Erika musterte noch die Bauart des Gemachs, in deffen einer Ecke eine Stiege nach dem obern Raume ging. Das junge Weib stand bemüthig an der Thüre, und beschwichtigte ihr Kind, das leise zu weinen anfing.

„Dein Mann ist auch wohl im Felde?" fragte Katharina freundlich.

Eine tiefe Röthe überflog das blasse schöne Gesicht der Bäuerin, sie bückte sich ganz über ihr Kind, und antwortete nur durch ein stummes Kopfschütteln. — Erika nahte sich ihr.

„Du bist wohl erst kürzlich verheirathet?" fragte sie, indem sie das runde Aermchen des Kindes streichelte. Die Mutter zitterte und wandte sich ab; Erika bemerkte, daß große Tropfen ihren Augen entfielen.

„Was ist Dir, armes Weib?" fragte sie mitleidig. „Hast Du Gram?"

Das junge Weib brach in einen Strom von Thränen aus, und war völlig außer Faffung.

„Schone sie, meine Erika!" bat Katharina, welche die halbe Wahrheit errathen mochte.

„Du hast den Vater Deines Kindes verloren!" sagte Erika gerührt. „Gott tröste Dich!"

Das Kind fing heftig an zu schreien, die Mutter preßte es schluchzend an ihre Bruft und floh aus dem Gemach. Ihr folgte das Mitleid der Frauen, ob-

wohl Beide von einer verschiedenen Annahme aus-
gingen. Gleich darauf kam eine Hausdirne, welche
nach Befehlen fragte. Erika bat um eine warme
Suppe. Das Mädchen ging an's Werk, so gut es
die Bereitung verstand; Katharina half ihr, während Erika das Gemach verließ, um die so junge
Wittwe, für welche sie die Mutter des Kindes hielt,
aufzusuchen und ihr ein tröstliches Wort des Antheils
zu sagen. Sie fand sie aber nicht, und die Magd,
welche sie nach ihr fragte, starrte sie nur mit glotzen-
den Augen an und wußte keinen Bescheid zu geben.

Bengt Algotsson schritt während dieser Zeit
ungeduldig auf und ab, und da er den ausdrücklichen
Befehl seiner Herrin nicht zu übertreten wagte, fühlte
er einen Unmuth, eine Unruhe, welche ihm die kurze
Stunde der Rast zur Ewigkeit machte. Endlich
konnte er sich nicht länger mäßigen, er setzte sein
Hifthorn an den Mund und stieß eine schmetternde
Aufforderung hinein, worauf alsbald die beiden
Frauen erschrocken in der Thüre erschienen.

„Ist Euch der Aufbruch gefällig?" fragte er.
„Wir erreichen sonst den nächsten Hof nicht."

„Ihr blaset ja wie zum Weltgerichte!" sagte
Erika unwillig.

Jedes Wort, das die Jungfrau heute sprach,
schien ihn bei seiner gereizten Stimmung zu verletzen.

Er heftete einen scharfen, spähenden Blick auf sie und
bat um Verzeihung, sie gestört zu haben! Katharina äußerte, sie würden gleich wieder reisefertig
sein. Beide kehrten in das Haus zurück, verzehrten
den Rest ihrer Suppe und gaben der Magd einige
Öre zur Ueberantwortung an die Wirthin, nach welcher sie vergeblich gefragt und gerufen hatten.

Als sie darauf wieder zu Pferd saßen und die
weitere Reise eben antreten wollten, bemerkten sie in
der Ferne einen Mann, der mit weit ausgeholten
Schritten über das Stoppelfeld auf das Haus
zukam.

„Da kommt wol der Odalbauer!" rief Erika.

„Wir brauchen ihn nicht mehr!" sagte Bengt
Algotsson, indem er Katharina's Zügel faßte,
um ihr Roß anzuführen. — Die Frauen wollten
Einspruch thun, aber der Ritter spornte sein Pferd,
daß ihm Alle in rascher Gangart folgen mußten,
und versicherte, er wisse jetzt die Straße, welche sie
einzuschlagen hätten, so genau, daß er sie mit ver-
bundenen Augen finden könne, und es um jede Viertelstunde Aufenthalts Schade sei.

4.

Der Mann, welcher über das Feld bahereilte,
war allerdings Ambjörn Knutson, der Besitzer

des Freihofes. Er hatte den reiſigen Troß vor ſei=
nem Thore geſehen, und kam, nach der Urſache des
ſeltenen Beſuches zu fragen; aber ſchon brachen die
Fremden auf, die nicht auf ihn warteten, und er blieb
mitten in ſeinem Laufe ſtehen und ſah ihnen nach,
indem er ſeine Art zornig auf den Boden ſtieß. —
Dann ging er langſamer nach ſeinem Hauſe.

Die Erſte, welche ihm hier in den Wurf kam,
war die Magd. Er fragte ſie, wer das fremde Volk
geweſen, woher es gekommen ſei. Die Magd wußte
Beides nicht. — „Wo iſt Thora?“ fragte der Greis.
— Die Magd wies nach dem Hauſe.

„Thora!“ ſchallte des Alten laute Stimme.

Nach einer kurzen Weile erſchien das junge Weib,
noch bläſſer als ſie vor die Reiſenden getreten war.
Ihre Mienen zeigten den tiefſten Gram, ihre Augen
waren rothgeweint. Ihr Anblick machte auf den
Greis einen momentanen Eindruck, doch entſchlug er
ſich deſſen, hart wie er war, und fragte mit un=
freunblichem Tone: „Wer waren die Fremden,
Thora?“

Sie erſchrak heftig und wagte kaum einen
ſchnellen Blick auf den Alten. „Ich weiß es nicht,
Vater,“ ſagte ſie.

„Aber was wollten ſie? Wo kamen ſie her?“
fragte Ambjörn ungedulbig.

„Zwei edle Frauen waren es, die sich hier
wärmten," sagte Thora. „Woher, weiß ich nicht."
„Gut. Du hast sie doch willkommen geheißen?"
fragte Ambjörn weiter. — „Gäste dürfen nicht von
meiner Schwelle gehen. Haben sie gegessen und getrunken!"

„Eine Suppe, glaub' ich," erwiederte Thora
schüchtern, indem ihr der Widerspruch einfallen
mochte, den ihre anfängliche Weigerung, die Fremden
einzulaffen, mit den gastfreien Gesinnungen ihres
Vaters machte. Ihr Vorgeben eines Verbots war
eine Lüge gewesen. — Auch das hatte sie lernen
müssen, großer Gott!

„Glaub' ich?" wiederholte Ambjörn unzufrie-
den. — „Hast Du sie nicht selbst bedient? Fromme
Pilgerinnen gewiß. Wir können ihr Gebet brauchen. — Hast Du sie nicht selbst bedient, Thora?
Ich seh's schon, Du hast Dich gefürchtet, kannst Niemandem mehr unter die Augen treten."

Sie wagte zitternd keine Antwort, und hob nur
eine Hand stumm flehend gegen den harten Mann
auf.

Ambjörn wandte sich von ihr ab, seine eigene
kummervolle Miene vor ihr zu verbergen. Er ging
in das Haus, sie folgte ihm, nahm demüthig seine
Waffen, seinen Reisesack in Empfang, und brachte

ihm warme Speise an den Herd, dessen Feuer dem Alten nach der langen Wanderung wohlthat. Er saß straff und grade auf der Bank hinter dem Tische, die rothe Glut beleuchtete seine starke Brust und die groben, aber markig ausgeprägten Züge seines Gesichts. Das weiße Haar hing noch so voll, wie in den Tagen der Jugend, schlicht und lang um die Schläfe des Greises, ein dichter Bart von gleicher Silberfarbe wallte ihm vom Kinn auf die Brust. Er hatte gegessen und den Methkrug oftmals zum Munde geführt, doch blieb seine Stirne gefurcht wie sie war, und ein tiefer Seufzer, der unwillkürlich seinem Herzen entstieg, erschreckte die Tochter von Neuem, welche von ihm entfernt in einer wenig beleuchteten Ecke des Gemachs stand.

Ambjörn's Auge suchte sie auf, er räusperte sich, um seiner Stimme die Weichheit zu rauben, welche ihr das Vatergefühl geben wollte, und sagte hart: „Komm her, Thora."

Sie gehorchte, doch nahte sie ihm nicht ganz.

„Ich habe ihn gefunden," sprach der Greis mit unterbrückter Bewegung.

„Wen?" rief Thora, plötzlich aus ihrer ganzen Fassung aufgeschreckt.

„Deinen Bruder, der ausging, die Schande zu

rächen, die Du mir angethan haft!" sagte Ambjörn.
„Ich hab' ihn gefunden, er ist todt."

Die Tochter schrie laut auf.

„Sten ist todt," fuhr der Greis fort, und ballte die harte Faust. — „Sein Rock und Schwert hing vor der Klosterthüre; ich hab's ihm neben dem Grabe einscharren lassen."

„Vater, Vater, wie denn?" schrie Thora, die Hände ringend. — „Sten, mein treuer, lieber Sten!"

„Sage so und fluche dem Mörder!" rief der Alte. — „Sten ist erschlagen, von wem sonst, als von dem, den er aufjagte?"

Da sank das junge Weib wie vernichtet in die Knie und wünschte zu sterben.

„Steh' auf! Ich kann das nicht leiden!" sagte Ambjörn finster. — „Dadurch wird's nicht anders!" — Er gab ihr die Hand, und riß sie fast mit Gewalt empor. — „Sei still!" fuhr er fort. „Ich habe Dir für Deine Schlechtigkeit, die den Tod verdient hätte, die Strafe nun einmal geschenkt. — Gieb Dich zufrieden."

„Aber Sten? Was weißt Du von Sten?" schluchzte sie.

„Nicht viel," sagte der Greis mit dumpfer Stimme, — den eigenen Gram um den verlorenen

Sohn bezwingend. — „Sie haben ihn mit einer
Wunde in der Brust todt im Walde gefunden, und
begraben. — Und auch sein Hund ist mir fortgelau-
fen. Alles geht von mir. Ich bleibe allein auf
meine alten Tage."

„Vater, lieber Vater!" rief Thora, und drängte
sich an ihn, warf sich nochmals nieder, seine Knie
umfassend, so sehr er sie auch abwehrte. — „Ich bin's
nicht werth, daß Du mich bei Dir behältst, aber ich
will Dich so lieb haben!"

„Du geh!" sagte er. — „Du hast ja Deinen
Buhler lieber als mich, Du hast mein Haus und
meinen ehrlichen Namen beschimpft, hast nicht mehr
Recht an mich, als eine gestäupte Hausdirne. —
Das aber sag' ich, wenn ich jemals erfahre, was Du
geschworen hast, mir zu verschweigen, wenn ich weiß,
wer es ist — so will ich keine Seligkeit haben,
wenn ich ihm nicht an's Leben gehe! Das schwör'
ich bei Gott und meinem Gewissen!"

Er sprach das mit dröhnender Stimme, und jedes
Wort traf der bangen Tochter in das Mark ihres
Lebens.

„Thora," sagte der Alte darauf gemäßigter,
„lege Trauerkleider an um Deinen Bruder. Ich
hatte gehofft, ihn mit zufriedener Seele wiederkommen
zu sehen, mir ein Wahrzeichen von dem erschlagenen

Feinde — ja Dirne!" fuhr er wild auf, da er ihr
schmerzliches Zucken bei dem Worte bemerkte, —
„Dein Buhle, und wenn er noch so vornehm ist, soll
erschlagen werden, wenn ich ihn kenne, und weintest
Du Dich über ihn zu Tode. — Er und kein Anderer
ist es gewesen, der mir den Sten, mein letztes Kind,
getödtet hat; Sten ist über ihn gekommen, und hat
seine Treue mit dem Tode bezahlt. Du hast geschworen, mir seinen Namen nicht zu nennen, — da
sei Gott vor, daß ich Dich meineidig machen sollte.
Aber erfahren werde ich ihn doch, erfahren doch, und
dann Gnade Gott seinem Haupte!"

Thora konnte die entsetzliche Sprache nicht mehr
hören, ihre Sinne schwanden, sie griff nach einem
Halt in die leere Luft und sank dann ohne einen
Schmerzenslaut zu Boden. Da wurde in dem Herzen des Greises doch das natürliche Gefühl mächtiger
als der Zorn, er stand auf und nahm seine Tochter
in den Arm, sie zum Leben zurückzurufen. Sein Auge
blickte mit Kummer auf sie, er wäre mit Freuden ein
armer Mann, ein Bettler gewesen, wenn er hätte die
Tage damit wiederbringen können, wo sie einst fröh-
lich und unschuldsvoll, sein frommes Kind, seines
Alters Lust und Hoffnung war; ihm quoll eine
bittere Thräne, wie sie der feste Mann in seinem Leben nicht gekannt, über das Augenlied, und fiel auf

Thora's tobtenbleiche Stirn, wo sie wie ein Juwel blißte. Das war sie auch, die Thräne des heiligsten Erbenschmerzes, des Leibes um ein verlornes Kind! Sie erholte sich, sie sah in des Vaters Auge, das nicht mit der tödtlichen Strenge, wie sie es seit der Unglückszeit nur gekannt, auf sie hernieder sah, ein entzückendes Gefühl erwachte lind wie Himmelstrost in ihrer wunden Brust — horch! — da machte sich in der Kammer ein leises Weinen bemerklich; es war ihr Kind, das nach ihr verlangte. Und wie die Töne das Ohr des Greifes berührten, da wurde sein Antlitz wieder hart wie Stein, sein Auge wieder furchtbar und feindblich, er stieß die Tochter von sich und sagte mit seinem rauhesten Laut:

„Hörst Du nicht? — Geh!"

Die Verzweifelte floh, das Kind ihrer Schuld, das darum doch ihr Schmerzenskind, jeßt ihr einziges Gut war, an die Brust zu drücken. Der alte Vater aber stieß einen Feuerbrand in die Glut, daß die Funken knisternd bis zur Decke wirbelten. Dann streckte er sich lang aus, kreuzte die Arme und schloß die Augen, als wollte er schlafen; doch fand er heut keine Ruhe, selbst in der Nacht keinen Schlummer.

Der Morgen fand Ambjörn Knutson ermat= teter, als er ihn je begrüßt hatte. Es schien, als klopfe das Alter zum ersten Male bei dem

ungeschwächten Greise an. Doch ermannte er sich
bald. Eine Stunde im Freien stärkte ihn, und er
besorgte seine Wirthschaftsangelegenheiten mit der
gewohnten Rüstigkeit. Den Knechten sagte er kurz,
daß sein Sohn todt sei, und wies ihr Beileid, ihre
Fragen unbeachtet ab.

„Wer wird den alten Erbgrund einmal kriegen?"
murmelten sie unter einander, als Ambjörn weiter
gegangen war. „Nun ist kein Sohn mehr da, und
die Tochter kann erben. Wer wird sie aber nehmen,
wenn's nicht des Hofes wegen ist?"

Die Töchter hatten allerdings nach den ältesten
Gesetzen Schwedens kein Recht an die Erbschaft, so
lange noch ein Sohn da war, oder sie bekamen doch
wenigstens, als Birger Jarl ein neues Erbgesetz
gab, nur die Hälfte gegen die Brüder. Es war dies
ein Mittel, der Zersplitterung des Stammgutes vor-
zubeugen, wie auch der älteste Sohn das Vorrecht
hatte, den Antheil der Uebrigen am Gute zu lösen,
um es vor einer Theilung zu bewahren. Denn die
eigentliche Stütze und Lebenskraft der schwedischen
Verfassung war ein freier, kräftiger Bauernstand, wie
er auch in frühester germanischer Zeit in unserm Va-
terlande zu finden gewesen ist, ehe das Lehnssystem
ihn erdrückte und in die Leibeigenschaft zwang, aus
welcher ihn erst die neue Zeit wieder erlöst hat, um

ihn durch weise Maßregeln seinem Recht und seiner
Bestimmung zurückzugeben. Der Odalbauer in
Schweden, der „Mann für sich", Selbsteigenthümer
seines liegenden Grundes, war zur Freiheit stamm=
geboren, und erkannte gegen die Obrigkeit, wie gegen
seines Gleichen nur gegenseitige Verpflichtungen an,
in die er selbst, d. h. seine Väter, eingewilligt hatte.
Sein Odal=Grund (Od heißt so viel als Gut, daher
Allod) war Stammeigenthum, und durfte ohne Zu=
stimmung der Familie weder vermindert, noch ver=
äußert werden. Die unabhängige Lage, in welcher
sich der Bauernstand befand, erzeugte übrigens, wie
es natürlich ist, ein an Trotz streifendes Selbstgefühl,
und mehr als einmal weiß die Geschichte von Em=
pörungen zu erzählen, welche den schwedischen Boden
mit seiner Söhne Blut getränkt haben.

Ambjörn Knutson war das echte Bild eines
Odalbauers, wie die Vorzeit ihn kannte. Offen,
redlich, ohne Arg und Hinterlist, furchtlos, entschlos=
sen, aber auch unbeugsam, auf sein Recht trotzend,
alter Sitte bis in die kleinsten Formen zugethan. —
Er hatte ein langes, glückliches Leben geführt, viel
Söhne und Töchter um sich aufblühen sehen, und
erst im hohen Alter war es ihm beschieden worden,
den Kelch des Leidens noch bis auf die Hefen zu lee=
ren. Die Pest, welche damals den Norden mit

furchtbarer Wuth heimsuchte, und manche Diftrikte
ganz an Menschen veröbete, so daß man nach langer
Zeit Kirchen in Wäldern wieder auffand, von deren
Dafein Niemand wußte, kam auch nach Schweden
und raffte allein in Upland den sechsten Theil der
Bevölkerung hinweg. — Ambjörn sah die Seinigen
Alle hinsterben, und blieb allein mit seinem zweiten
Weibe verschont, das ihm, da er schon zum Greise
wurde, noch ein Zwillingspaar schenkte: Sten und
Thora. — Ihre Geburt war aber ihr Tod, und der
alte Ambjörn sah sich mit den beiden Kindern verlaffen. Er liebte sie sehr, die Einzigen, die er noch
sein nannte, sie waren die Stütze seines Alters, —
und jetzt hatte er sie Beide verloren! —Denn Thora
galt ihm nicht mehr als sein Kind; er hatte sie aus
ihrem Recht verstoßen, und dulbete sie nur noch im
Hause. Die Knechte waren daher mit ihren Fragen
auf einem falschen Wege.

Der Herbst verging und der frühe Winter kam,
hüllte die Gegend in Schnee und Eis und sperrte
Ambjörn, dem die Gesellschaft von seines Gleichen
jetzt läftig war, in seinen Hof ein, wo er mit der
schweigsamen, bemüthigen Tochter ein ödes Leben
führte. Der Wurm nagte an Beider Herzen, und
ließ sich nicht bannen, er schlief und starb nicht, wie
ein neuerer Dichter so schön sagt. Dem alten

Manne war es der glühende Wunsch, seiner Tochter Ehre, seines Sohnes Blut zu rächen, er meinte, an demselben „Niding". Ein solcher mußte es gewesen sein, ein Schandbube, nach den Begriffen des Volks, welche h e i m l i c h e s Tödten für „Nidingswerk", Schandthat, ansah. Bei den alten stahlharten Männern des Nordens trat selbst die Gewaltthat offen und trotzig an das Licht, allen Folgen stehend. Der Tödter mußte, wo immer es auch war, seinen Mord vor einbrechender Nacht öffentlich angeben und Buße anbieten. Dem nächsten Erben des Erschla= genen stand es dann frei, diese anzunehmen, oder Blutrache zu suchen. Die Wahl war in alter Zeit nie zweifelhaft, darum floh der Thäter, fried= und rechtlos, die bebauten Orte, und verbarg sich, wohl= bewaffnet zu seiner Wehr, oft auch mit Verwandten und Freunden in Wälder und Wildnisse. Erst wenn der Erbe des Erschlagenen für ihn bat, oder wenn ein neuer König seine Rundreise durch die Landschaf= ten machte, die sogenannte Erichsstraße ritt, konnte er wieder zu Frieden kommen.

Sten Ambjörnson war aber heimlich, von un= bekannter Hand gefallen, Keiner hatte sich zu der That bekannt, und dem greisen Vater nagte es am Herzen, daß er den Elenden, der ihn zwei Kinder geraubt, nicht zu finden wußte. Mitten im Winter machte er sich endlich wiederum auf, es litt ihn nicht länger im Hause. Er schnallte die Schneeschuhe an, auf denen er manchen gefährlichen Gang gemacht hatte, und wanderte dem Walde zu, um an heiliger Stätte sein Herz zu erleichtern. Der Abt, den er selbst bat, seine Beichte zu vernehmen, hörte die Geschichte des Greises mit Antheil an, und suchte sein Herz durch Ermahnung aufzurichten. Er fragte ihn, ob er auch gewiß sei, daß sein Verdacht mit Recht auf Einen falle, und warnte ihn vor rachsüchtigen Gedanken, die überhaupt jedem Christen, vor Allem aber einem Manne fern bleiben müßten, der so nah an der Pforte des ewigen Lebens stände. Geduldig ließ der Odalbauer den Geistlichen zu Ende sprechen, und wartete selbst dann noch mit der Ehrerbietung, die er dem Diener des Herrn nie versagt, auf weiteres Fortfahren, als ihn aber der Abt zum Reden aufforderte, sprach er: „Ich weiß, was ich thue. Der Bube war kaum eine Viertelstunde im Vorsprung. Er ist in meinem Hause gewesen, wohl um zu sehen, welches Unglück er angerichtet hat, der Niederträchtige! Das hat der Sten erfahren, wie er kam, und hat sich flugs aufgemacht. Die Hufspur war nicht zu verfehlen, zu Pferd ist er gekommen, ein buntscheckiger Edelmann." — Hier mischte der Greis einen schweren Fluch ein, der den Abt zum gerechte-

ſten Unwillen reizte. Er ſtrafte den Frevler, der ſei=
nen wilden Nachſinn ſelbſt an dem heiligen Orte
nicht mäßigen konnte, mit ſtrengen Worten, und legte
ihm eine Buße auf, wie ſie der Schuld angemeſſen
war. Ambjörn gelobte ſie treulich zu erfüllen, aber
der Ermahnung, ſeinem Feinde um des Heilandes
willen zu vergeben, lieh er nur ein taubes Ohr. Er
hätte ein ganz Anderer werden müſſen, und dazu war
er zu alt.

Thora fühlte ſich nur in des Vaters Abweſen=
heit ruhiger. — Dann konnte ſie ganz ihrem Kinde
leben, an welchem ſie mit der ſchmerzlich heißeſten
Innigkeit hing. Wenn Ambjörn zu Hauſe war,
durfte ſie ihm das unſchuldige Weſen, auf welches
der Greis ſeinen ganzen Haß übertragen hatte, nicht
vor Augen bringen, ſelbſt ihre Mutterpflichten gegen
den Säugling nur verſtohlen üben. Großeltern lie=
ben ſonſt ihre Enkel faſt mehr, als ſie die eigenen
Kinder geliebt haben, hier war dies heilige Gefühl
in ſeinem Keime vergiftet. — Als der Vater den
Hof verließ, um ſeine Beichte im Kloſter abzulegen,
hatte er der Tochter nicht den Zweck ſeiner Wande=
rung mitgetheilt, ſie bemerkte aber an dem Feierkleide,
das er unter dem Pelze trug, daß es kein gleichgül=
tiger ſei. Er war nun fort, und ſie ſaß allein mit
ihrem Kinde am Feuer in der Stube. Das kleine

Wesen freute sich über den lichten Schein, starrte un=
aufhörlich in die Glut, und langte mit den Händ=
chen danach; Thora hatte nur Augen für ihr Kind,
und vergaß einen Moment in seinem Anschauen ihr
eigenes Leib. Aber sie sollte schnell wieder daran er=
innert werden. Die Magd trat in das Gemach, und
rief ihren Namen. Thora wandte sich um, und
erblickte hinter der Dirne ein zweites, ihr nur zu
wohlbekanntes Frauengesicht. — Sie wurde glühend
roth, und stand auf, der Eingetretenen entgegen zu
gehen. Es war eine alte Frau von ehrbarem An=
sehen, in bürgerlicher Tracht.

„Nun Thora Ambjörnstochter, ich kann mir
nicht helfen, ich muß sehen, wie Dir's geht," sagte
sie, der jungen Mutter die Hand reichend. „Das
Wetter ist schön, der Schnee fest und glatt, mein Sohn
hat mich zu Schlitten herfahren müssen. — Geh,
Kind, sieh zu, daß er das Pferd unterbringt," sprach
sie zu der gaffenden Magd, welche sich auf Thora's
Wink entfernte. Thora neigte ihr Haupt, als sie
mit der alten Frau allein war. —

„Also Dein Vater ist nicht zu Hause, und das ist
Dein Kind," fuhr diese fort. — „Ja, weine nur,
weine! die Reue ist Dir gut. Ich komme aber nicht
her, um Dir Strafpredigten zu halten, — Du weißt,
ich habe Dich immer lieb gehabt."

„Das weiß ich, Frau Kettilmund," sagte Thora leise.

„Hätt' ich nur Augen gehabt, so lange Du bei uns auf Ringstaholm warst!" rief die Alte. „Hätt' ich Dir nur weniger getraut, es wäre noch Alles gut. Aber ich hätte die liebe Jugend bedenken sollen, und den schönen Vetter unsers Herrn, wie er so leichtsinnig ist, — ich habe auch mein Theil Schuld daran, und darum komm' ich her."

„Liebe Frau Kettilmund," bat Thora, „wenn Ihr's wirklich noch gut mit mir meint, so sprecht von Ihm kein Wort. Nennt seinen Namen nicht! Ihr seid die Einzige, die ihn weiß: ich bitte Euch um Gotteswillen, nennt ihn gegen keinen Menschen."

„Ei, was denkst Du!" sagte Frau Kettilmund. — „Mir ziemt es nicht, von solchen Geschichten zu schwatzen, auch hat mir's der junge Herr ernstlich verboten. Ich las ihm tüchtig den Text, aber Thora! er konnte noch lachen. Du hast ihn doch nicht etwa noch lieb?"

Thora zuckte mit der Hand nach dem Herzen, wo sie einen stechenden Schmerz fühlte, aber sie machte eine abwehrende Bewegung.

„Er war nämlich vor Kurzem, ehe der Winter kam, wieder auf Ringstaholm," sagte die Alte.

„Ich weiß," flüsterte Thora. Hat er Euch gesagt —?"

„Daß ich schweigen soll, ja, und hat mir Geld
aufbringen wollen, aber ich wies in tüchtig ab," sagte
Frau Kettilmund. — „Seitdem lagst Du armes
Ding mir täglich in Gedanken, und weil ich meine,
daß es Dir bei dem Vater, der ein gottesfürchtiger
und strenger Mann ist, nicht gut gehen mag, so bin
ich hergekommen, um einmal ein Wort mit ihm Dei-
netwegen zu sprechen. Wenn er weiß, wie Alles gekommen ist, wird er wohl besser gegen Dich sein."

„Nein, nein, Frau Kettilmund!" rief Thora.
— „Und wenn mein Vater noch zehnmal härter ge-
gen mich wäre, so habe ich mehr, so habe ich den
Tod verdient. — Sprecht kein Wort mit ihm!"

„Es freut mich, daß Du so zerknirscht bist," entgegnete die Alte. „Das hilft zur Besserung. Aber
ich weiß darum doch, was zu thun ist. Dein Vater
wird doch den Namen des jungen Herrn kennen?"

„Um Gotteswillen, nein!" rief Thora. „Ich
habe ja geschworen, ihm geschworen!"

„Das hast Du gethan?" eiferte Frau Kettilmund. — Eine neue Sünde! Wie konntest Du
schwören?"

Thora seufzte tief, und hatte keine Antwort. —
„Nun so habe ich wenigstens nicht geschworen,"

fuhr die Alte fort. „So sehr er mir auch zusetzte, ich habe ihm kein Versprechen gegeben, denn die Hände lasse ich mir nicht binden; man weiß nicht, wo man sie braucht. Und wenn ich mit Deinem Vater ein vernünftig Wort spreche, so ist das kein Geschwätz, und es geschieht zu Deinem Besten. Ich kann es nicht mit verschuldet haben, und Dich doch in der Noth verlassen."

„Liebe gute Frau Kettilmund," bat Thora, „mir geht es nicht schlecht. Ich bitte Euch um aller Heiligen willen, laßt des Junkers Namen nicht über Eure Lippen gehen, auch gegen meinen Vater nicht. Es könnte zum gräßlichsten Unglück führen. Denn seht, der Vater ist ergrimmt gegen ihn, und würde ihn nicht schonen."

„Mein Kind, da fürchte Du nichts," sagte Frau Kettilmund, ein wenig lächelnd, denn der Stolz des vornehmen Hauses, in welchem sie Schaffnerin war, hatte sich etwas auf sie übertragen. — „Wer so hoch im Range steht, wie der Mann, um den Du besorgt bist, der hat von der Rache eines Bauern nichts zu fürchten."

„Nicht?" entgegnete Thora, indem sie aufblickte. „Er ist auch nur ein Mensch, und wenn ihm der Vater ankommen kann, kümmerte er sich wenig um die Folgen. Auch ist noch eine andere schreckliche

Geschichte — ach! ich weiß nicht, ob ich sie Euch sagen darf! — mein Bruder Sten ist — erschlagen, und der Vater glaubt —" sie stockte.

„Nun?" fragte Frau Kettilmund aufmerksam.

„Daß es wohl durch seine Hand sein könnte," — sagte Thora mit gepreßtem Ton.

„Wen meinst Du? Sten selbst? Oder versteh' ich Dich?" entgegnete Frau Kettilmund. „Dein Vater kann glauben, daß sich ein Edelmann mit dem Morde eines Bauern befleckt haben könne?"

„O das wäre nicht das erste Mal!" rief Thora, welche im Unwillen über die wegwerfende Behauptung einen Moment das Nächste vergaß. — „Doch," setzte sie mit sinkender Stimme hinzu, „hier ist es wohl nicht wahr; es kann ja nicht sein, du mein Heiland, es wäre zu gräßlich!"

„Ganz unmöglich!" sagte Frau Kettilmund. — „Was könnte den Junker bewogen haben? Das ist ein grundloser Verdacht. —"

„Aber der Vater glaubt es doch," rief Thora, „nun bedenkt selbst, wenn er erführe — Gott! Ich bitte Euch, Frau Kettilmund, sagt ihm nichts, laßt mich ganz gehen, mir geschieht ja kein Leid von ihm; er sieht ja, wie ich schon Leid genug habe."

„Gut. So will ich den Namen verschweigen," sagte die Alte. „Aber sprechen werde ich doch mit

Deinem Vater; ich weiß mit Seinesgleichen umzu=
gehen, sorge nicht. Es muß ein Ende haben. Wann
kommt er denn nach Hause?"

Das wußte Thora so wenig, als wohin er ge=
gangen war. Schon blieb er den zweiten Tag aus,
und die Nacht brach ein, ohne daß er zurückkehrte.
Frau Kettilmund wartete noch den ganzen nächsten
Vormittag vergebens auf ihn, endlich konnte sie nicht
länger verweilen. — „Hätt' ich das gewußt!" sagte
sie verdrießlich. — „Dein Vater ist starrköpfig genug,
auf gut Glück Deinem Junker, wenn er ihn auch nicht
kennt, auf die Fährte zu gehen, wofern er die kleinste
Spur hat. Weißt Du von einer?"

„Ich weiß nichts," erwiederte Thora geäng=
stigt. „Er ging aber so ruhig mit seinem Sonntags=
wammse —"

„Nun ich komme wohl einmal wieder," sagte
Frau Kettilmund. „Ringstaholm ist nicht aus der
Welt. Wenn die Bäume grün werden, bin ich ein=
mal unversehens wieder hier. Bis dahin trage mit
Geduld, was Du Dir auferlegt hast."

Sie nahm mit vielen wohlgemeinten Worten Ab=
schied, und ließ Thora allein, welche sehr zufrieden
war, daß die Schaffnerin nicht Gelegenheit gefunden
hatte, mit ihrem Vater zu sprechen. — Wer bürgte
dafür, daß sie nicht unwillkürlich den Namen nannte,

welchen Thora geschworen hatte in ewige Vergessenheit zu begraben? — Thora hatte ihr Kind zur
Ruhe gebracht, saß wieder einsam mit ihrem Kummer
am Herde, und überließ sich den traurigen Gedanken,
welche unweisbar auf sie einstürmten. Sie rang mit
sich, aber sie konnte es sich nicht ableugnen, sie liebte
ihn noch, den Frevler, der ihr Erdenglück zerstört
hatte, und der, wie sie von Frau Kettilmund mit
dem bittersten Schmerze gehört, noch lachen konnte,
da sie verzweifelte!

5.

Der Winter, der die zerstreut liegenden Dörfer
und Freihöfe in Schnee begraben, für sich abgeschlos-
sen, und zur Einsamkeit verurtheilt hatte, war an
des Königs Hofstatt ganz anders aufgetreten! Da
hatte er glanzvolle Feste und Lustbarkeiten gebracht,
wie sie der Sommer nicht kennt und mag, da war er
hoch willkommen gewesen, und die Ritter und Damen, welche sich bei Tanz und Spiel, bei Masken-
scherz und heiterm Verkehr erfreuten, sehnten sich wenig nach dem blühenden Lenze mit seinem Wiesen-
grün und seinen freien Quellen. Ihnen sprudelte
ein ganz anderer Quell, an dem sie sich in fröhlicher
Lust berauschten.

Wer den Hof des Königs Magnus mit denen

seiner Vorfahren verglich, wie greise Männer wohl
konnten, der erkannte die einfache rauhe Sitte des
Nordens nicht wieder. Es war der Einfluß der Königin Blanca, welche hier gewaltet hatte. Sie war,
als sie in ihrer Jugend aus dem reichen Stamme,
wo sie ganz anderer Begegnung und eines genußvollen
Lebens gewohnt war, an den dürftigen Hof kam, sehr
unglücklich gewesen, aber bald hatte sie um sich her
eine Veränderung im Herkömmlichen bewirkt, welche
sich wenigstens in den nächsten Kreisen verbreitete, und
den ältern Großen des Reiches, die mit Widerwillen
jede Neuerung, auch in unschuldigen Dingen der Ge-
selligkeit sahen, zum Aergerniß gereichte. Dem Sinne
ihres Gemahls aber, der jeder Lust und Ergötzlichkeit
ohne gewissenhafte Wahl zugethan war, sagte Alles,
was seine Königin that, mehr als billig zu, und sie
mag einen großen Theil der Schuld tragen, welche
in spätern Jahren mit schwerem Vorwurf seiner Völ-
ker auf ihm lastete.

Als ein dreijähriges Kind war Magnus Bir-
gersson auf der Wiese bei den Morastein vor dem
versammelten Volke zum Könige von Schweden und
Norwegen ausgerufen worden. Ein gräuelvoller
Krieg hatte sein ganzes Haus vertilgt. König Birger, von seinen Brüdern einst gekränkt und gefangen
gehalten, hatte sie nach scheinbarer Versöhnung in

sein Schloß Nyköping gelockt und dort in den Thurm schließen lassen, dessen Schlüssel er, als rings der Aufruhr des Volkes um ihn tobte, bei seiner Flucht in den Strom warf, die Gefangenen dem Hungertode weihend. Noch lebt das Andenken dieser schönen ritterlichen Fürsten und ihr entsetzliches Schicksal im Volksliede. Ihre Anhänger ergriffen die Waffen; der König mußte nach Dänemark fliehen, sein ältester Sohn und Thronerbe wurde zu Stockholm enthauptet, was dem landflüchtigen Vater das Herz brach, und es blieb von seinem ganzen Hause nur Magnus, das Kind übrig, das auf den Armen zur Volksversammlung getragen, und zum Könige gewählt wurde. Eine nachlässige Erziehung, der frühe Tod seines treuesten Freundes und Rathgebers, auf den er nur zu wenig gehört hatte, endlich die zeitige Thronbesteigung und vielleicht auch die Gefährtin, welche mit ihm zugleich die Krone empfing, machten ihn zu dem Manne, wie ihn die Geschichte kennt.

Er war jetzt in seinem vierzigsten Jahre, aber seine äußere Erscheinung ließ jeden Fremden auf ein viel höheres Alter rathen. Groß und stark gebaut, hatte er schon eine unstattliche Fülle angenommen; sein Haar zeigte sich mit Grau untermischt, die Züge seines Gesichtes, von Natur nicht unangenehm, waren erschlafft und verschwommen. Nur in seiner Rede

klang noch die unverminderte Kraft der Jugend, und
wenn er irgend Wen gewinnen wollte, so mußte die=
ser sehr charakterfest sein, um sich nicht durch den Ton
seiner Stimme bestechen zu lassen. — Bei keinem
Feste, das an der Hofstatt angesagt war, fehlte der
König; um so mehr fiel es auf, als sein Erscheinen
sich eines Tages, wo die Geladenen längst versam=
melt waren, auf unbegreifliche Weise verzögerte. Je=
desmal, wenn die großen Flügelthüren, welche nach
den innern Gemächern des Schlosses führten, sich
öffneten, waren Aller Augen dorthin gerichtet, weil
man den König mit seinem Gefolge zu erblicken
glaubte. Aber es verging fast eine Stunde, und
noch immer kam auch nicht einmal eine Erklärung
des Unbegreiflichen. Endlich erschien über der ver=
botenen Schwelle der junge Liebling des königlichen
Paares; von ihm konnte man erfahren, was vorge=
fallen war, denn auch sein Gesicht war erhitzt, und
zeigte ungewöhnliche Bewegung. Mehrere der jün=
geren Edelleute eilten ihm entgegen: „Nun, Bengt
Algotsson? Was ist geschehen? Wird der König
kommen?"

„Alsbald!" sagte Bengt, sein Wehrgehenk ordnend,
ohne sich auf eine nähere Erörterung einzulassen. Sein
Auge suchte im Kreise der Frauen die schöne Erika, und
verfinsterte sich, als er hinter ihrem Stuhle den Platz

beſetzt fand. Doch näherte er ſich ihr nicht. Er
ſchien heut wider Gewohnheit die Geſellſchaft der
Männer zu ſuchen, die er ſonſt ſehr geringſchätzig
behandelte, und wie es zu geſchehen pflegt, fanden
ſich Viele durch die Freundlichkeit, mit welcher ſie
der vielvermögende Günſtling anſprach, ungemein
geſchmeichelt. Die älteren Herren freilich hörten ihn
kühl an, und Mehrere vermieden ſogar mit offener
Abſichtlichkeit ſeine Nähe. Unter ihnen war Ulf
Amundsſon Bonde, der Truchſeß, Frau Katharina's Gemahl. Bengt ging ihm aber grades-
weges nach, und ſagte, da Beide ein wenig abgeſon-
dert ſtanden, daß ihr Geſpräch nicht gehört werden
konnte:

„Wie kommt es, daß Ihr alle Freundſchaft ver-
leugnet, die ich ſonſt von Euch genoſſen habe? Es
kränkt mich ſehr, und ich möchte wohl die Urſache
wiſſen.“

„Ihr ſteht ſo hoch,“ erwiederte der Truchſeß ernſt,
— „daß Euch meine Freundſchaft nicht fehlen kann.“

„Ha, Ihr ſprecht in einem hübſchen Doppelſinne!“
rief Bengt lächelnd. „Eure Freundſchaft kann mir
alſo nicht entgehen, weil ich hoch ſtehe, wie Ihr
ſagt? Eines echten Hofmannes Antwort! Man ſollte
denken, Ihr hättet ritterliche Feinheit im ſchönen
Frankreich gelernt. Aber ich verſtehe Euch beſſer,

und frage nochmals, wodurch habe ich Eure Freund=
schaft verwirkt?"

. „Herr — man wird Euch wohl bald Herzog nen=
nen müssen," begann Ulf Amundson, aber Bengt
unterbrach ihn.

„Sprecht nicht davon!" rief er sich umsehend.
„Die Gnade meines königlichen Herrn hat mir aller=
dings diesen hohen Titel zugedacht, aber ich nehme
ihn nicht an. Laß ihn daher beiseit, und sagt mir
offen, ein Edelmann dem andern, der mit ihm auf
gleicher Rangstufe steht, — warum Ihr so kalt gegen
mich seid."   ·

Die Anmaßung, welche in der Rede des leicht=
sinnigen jungen Mannes lag, verletzte den Truchseß,
und sein männlich ernstes Antlitz färbte sich dunkler.
Ehe er jedoch antworten konnte, verkündigte eine
Fanfare von Trompeten die Ankunft des Königs. —
Die Flügelthüren wurden mit großem Geräusch auf=
gerissen, und in die sich erhebende, tief sich vernei=
gende Versammlung trat das königliche Paar, von
einem zahlreichen und glänzenden Gefolge begleitet.
Bengt Algotsson hatte sich schnell wieder dem
Letztern angeschlossen, und als ihn König Magnus
bemerkte, schlug er ihn leicht und liebkosend auf die
Schulter. — Die Umstehenden sahen mit Neid
auf ihn.

Jetzt erklang die Musik in schmetternden Tönen, welche unserm Ohre jetzt barbarisch vorkommen würde, damals aber von den Schönen, deren Nerven fester waren, als heut zu Tage schicklich ist, mit Entzücken gehört wurden, weil sie den Anfang des Festes verkündigten. Der Tanz begann. König Magnus blieb nur ein aufmunternder Zuschauer, aber die Königin ließ Bengt Algotsson eine Aufforderung zugehen und trat mit ihm in die Reihen. Da wurde es gar lebendig unter den Damen, denn es steht Keine so hoch, daß sie ungefährdet von ihren Schwestern bliebe, wo es gilt, ihren Ruf zu untersuchen.

Blanca von Namur war noch immer eine schöne Frau. Sie hatte die zierlichen Formen der Jugend bewahrt; eine schlanke, edle Gestalt trug mit königlichem Wurfe des Nackens ein Haupt, der Krone würdig; noch schimmerten die dunkelbraunen Flechten des Haares in reicher Fülle, und das große dunkle Auge blitzte mit unvermindertem Feuer über die Nähe und Ferne, nichts übersehend, was ihr wichtig schien.

Bengt Algotsson hatte eine Weile, wie es schien, sehr angelegentlich zu ihr gesprochen. Sie wandte sich, da er glaubte, sie höre ihn nur zerstreut an, plötzlich zu ihm und sagte so laut, daß es die

6 *

scharflauschenden Ohren der Nächsten verstehen
konnten:

„Sorgt um Nichts! Es soll Niemand gelingen,
wer es auch sei, Uns auf Unserm freien Wege Vor-
schriften zu machen. Ihr habt nichts zu befürchten,
mein Wort darauf!"

Die Rede wurde vielfach gedeutet. Man ver-
mißte den ältesten Sohn des Königs, den Thronerben von Schweden, Erich. Viele wußten, daß er
sich in seiner wilden, trotzigen Gemüthsart schon
mehrmals seinen königlichen Eltern gegenüber vergessen hatte; man kannte seinen Haß gegen Alle,
welche sich der Gnade und somit auch der verschwen-
derischen Freigebigkeit des Königs erfreuten. So
schien es ganz richtig, anzunehmen, daß kurz vor dem
Beginne des Festes eine Scene vorgefallen sei, und
daß Bengt Algotsson vielleicht eine demüthigende
Rolle dabei gespielt habe. — Wie dem aber auch gewesen sein mochte, hier zeigte er keine Spur von
Demüthigung, er trug sein Haupt so hoch, wie der
vornehmste Mann des Königreichs, und sein Uebermuth, durch welchen er schon bei frühern Gelegen-
heiten Viele der Angesehensten beleidigt hatte, trat
wieder auf das Verletzendste hervor. —

Er hatte jetzt Anlaß gefunden, sich Erika Tott
zu nähern, welche an der Hand eines jungen Cava-

liers von schlichtem Wesen ben ersten Reihentanz mitgemacht hatte, unb auch jetzt von ihm unterhalten wurde.

„Es scheint, mein Vetter hat sich ganz zu Euerm Ritter erklärt," sagte er, ba Erika seinen Gruß, wie er meinte, allzu gleichmüthig erwieberte.

„Will mich das Fräulein bazu annehmen," rief ber junge Mann rasch, „so wirb es mich hoch beglücken."

„Ich banke Euch sehr, auch Euch für Eure Bemerkung, Herr Bengt," sagte Erika. — „Sollte ich einst einen Ritterbienst nöthig haben, so wirb mein Vertrauen ben rechten Weg finden."

„Habt Ihr Euch für ben ganzen Abenb an Arel Eilifsson versagt?" fragte Bengt, „ober barf ich mir auch Hoffnung machen, einen Tanz von Euch zu erhalten?"

Erika schien einen Moment Anstanb zu nehmen, bann aber reichte sie ihm bie Hanb zu bem eben wieber beginnenben Tanze. Arel sah ihr mit Blicken nach, beren Bebeutung ben Umstehenben nicht entging. Er kümmerte sich auch wenig barum, sein Gefühl zu verbergen. Hatte er sich bessen boch nicht zu schämen!

„Ich habe mich über Euch bitter zu beklagen," sagte Bengt in einer Pause bes Reigens zu seiner

Tänzerin. „Mit welcher wehmüthigen Erinnerung sehe ich auf die schönen Tage zurück, wo es mir vergönnt war, täglich in Eurer Nähe zu sein, wo ich Euch auf der Reise geleitete, und Ihr mir vertrautet. Damals waret Ihr gütig gegen mich, jetzt —"

„Ihr habt das rechte Wort gewählt!" unterbrach ihn Erika. „Damals vertraute ich Euch."

„Und jetzt nicht mehr?" rief Bengt lebhaft. „Wodurch habe ich Euer Vertrauen verloren?"

„Fragt Ihr noch!" entgegnete Erika, und erröthete, unwillig über sich selbst.

„Ja! Und ich wähnte einst, ein Recht zu solcher Frage zu haben," sagte Bengt mit einem tiefen Seufzer. „Es war ein schöner Wahn! Nichts weiter. Auch ich vertraute, und ward getäuscht. Mein Wahn zerrinnt — ob ich mein Lebensglück mit ihnen zerrinnen sehe, ob ich unter diesem lächelnden Aeußern, zu dem ich gezwungen bin, heimlich verblute, wen kümmert es?"

„Bengt Algotsson!" sagte Erika vorwurfsvoll.

„Ich will aber nicht von meinem Glücke scheiden," fuhr er fort, „ehe ich gerechtfertigt bin, und habt Ihr mir Eure Liebe versagt, die ich einst zu erringen hoffte, so will ich wenigstens Eure Achtung mit mir nehmen. — Ich frage Euch nicht mehr, was

Eure Gesinnung gegen mich verändert hat, ich will in Eure Geheimnisse nicht bringen: mögen sie Euch zum Glücke führen! Aber was Euch hindert, mir auch fernerhin zu vertrauen, das bitt' ich Euch, sagt mir!"

Erika's Augen flogen über den Saal nach der Richtung, wo der Thronhimmel erbaut war; Bengt bemerkte es, und rief, ohne des Mädchens Antwort abzuwarten:

„Sollt' ich es errathen? — Könnt auch Ihr einem boshaften Gerüchte Glauben schenken, das meine Feinde erfunden haben? Könnt Ihr im Ernst glauben, daß ein Verhältniß zwischen mir und —"

„Erspart mir Eure Geständnisse!" fiel ihm Erika stolz in die Rede. „Der Tanz wird beendigt."

Bengt führte sie nach ihrem Platze zurück, und flüsterte ihr im Gehen zu:

„So schwöre ich Euch bei Allem, was mir heilig ist, daß Alles, was Ihr über mich gehört haben könnt, nur boshafte Lügen sind. Die hohe Frau will mir wohl, und hofft, daß ich vielleicht das unnatürliche Verhältniß, was zwischen ihr und ihrem entarteten Sohne —"

Die Dazwischenkunft des Königs, welcher sich auch dem Platze näherte, wo Erika sich neben ihrer

Freundin Katharina Bonde niederlassen wollte, unterbrach das Gespräch. — Die Damen erhoben sich; König Magnus sprach mit Mehreren in der vertraulichen Weise, die ihm eigen war, und wandte sich dann zu der Frau seines Truchsesses:

„Sieht man Euch auch einmal wieder, schöne Katharina? Es ist, glaub' ich, ein halbes Jahr, daß Ihr diesen Zimmern Eure Gegenwart entzogen habt."

„Ich habe viel Sorge um meine Kinder gehabt, gnädiger Herr," antwortete Katharina.

„Irr' ich nicht, so seid Ihr auch auf einer Wallfahrt gewesen," sprach der König weiter. „Wohin doch?"

„Nach Wadstena," erwiederte Frau Bonde. „Ich hatte eine heilige Pflicht dort zu erfüllen."

„Wadstena!" wiederholte der König. „Habt Ihr meine Muhme gesehen?"

„Sie läßt Eure Gnaden bitten, ihrer zu gedenken!" sagte Katharina ernst.

„Ja wohl!" versetzte der König lachend — „Sie hat Recht, mich daran zu erinnern; ihr Andenken ist mir nicht sonderlich angenehm. — Sie hat mich mit ihren Träumereien nur zu oft gequält; doch weiß ich, was davon zu halten ist."

Er entfernte sich, und wohl nur der Truchseß, wel-

cher zuweilen ein Zeuge der Unterredungen **Birgit-
ta's** mit ihrem königlichen Vetter gewesen war, verstand, was der Herrscher meinte. Die fromme Frau,
deren Geist vom Himmel erleuchtet war, hatte gar
oft den König gewarnt, wenn er Unrecht that, wenn
er das Volk mit Steuern drückte, um seiner Verschwendung zu genügen, oder wenn er die Hand nach
dem Gute der Kirche ausstreckte. Sie hatte sich nicht
gescheut, ihn mit strengen Worten zu tadeln, und
ihm mit der Sicherheit einer Prophetin, die einer
höhern Offenbarung gewürdigt war, sein künftiges,
auf diesem Wege unvermeidliches Schicksal vorher-
gesagt. Aber bei dem Leichtsinne des Königs hatten
ihre Warnungen nicht gefruchtet, ja ihn nicht einmal
erzürnt, denn er erzählte dem Truchseß **Bonde** selbst
lachenden Mundes: „daß sie ihn an Verstand ein
Kind geheißen habe." — Auch heut schien die Mahnung, welche er durch Frau **Katharina** erhalten
hatte, gänzlich verloren zu sein; er war nie ausge-
lassener beim Bankel gewesen, als an diesem Abende.

Bengt Algotsson dagegen fühlte sich sehr un-
behaglich. Seine Stellung, die ihm von Vielen so
sehr beneidet wurde, fiel ihm heut zum ersten Male
drückend, denn sie hielt ihn von **Erika** fern, und er
mußte bemerken, wie sein Vetter **Axel** sich eifrig um
sie bemühte. Zwar lachte er mit einem gewissen

Trotze bei sich selbst über den Nebenbuhler, der es wagte, sich mit ihm zu messen. Arel, der schlichte, ungehobelte Gothländer, der überall bei Hofe anstieß, der nicht einmal schön, noch weniger anmuthig war — mit ihm, den alle Damen des Hofes als einen vollendeten Ritter priesen! — Aber der Ingrimm, der Bengt's Brust zusammenpreßte, war der beste Beweis, daß er sein Uebergewicht nicht für entscheidend hielt. Ein dunkles Gefühl, daß der schlichte Landjunker doch einen Vorzug, ein köstliches Kleinod besaß, dessen sich der vollendete Ritter nicht rühmen konnte, ließ sich nicht ganz unterdrücken, und raubte ihm selbst momentan die Gewandtheit, in jeder Lage des Lebens Herr über sein Aeußeres zu sein. Der Königin fiel seine Unruhe, seine Einsilbigkeit auf, und sie schrieb sie wiederum der Besorgniß zu, welche durch das kurz vor der Eröffnung des Festes Vorgefallene in ihm erregt worden war. — Ihre Worte, die sie in dieser Beziehung an ihn richtete, dienten dazu, ihn mehr auf sich selbst aufmerksam zu machen, und er hütete sich strenger.

Der Truchseß Ulf Amundsson war, nachdem er seiner Pflicht um die Person des Königs genügt hatte, durch einen Edelknaben heimlich hinausgerufen worden. Er folgte dem Boten, der ihm nicht sagen wollte, wer ihn geschickt habe, in ein wenig erleuch=

tetes Zimmer, und staunte, als er dort einen Mann in Reisekleidern fand, in welchem er den ältesten Sohn seines Herrn, den Prinzen Erich erkannte.

„Hab' ich an Dir einen Freund, Ulf?" rief der Prinz dem Eintretenden entgegen.

„Darin zweifelt Ihr nicht!" sagte der Truchseß, indem er in die dargebotene Rechte einschlug. — „Wie seh' ich Euch aber hier? Was bedeutet die Reisetracht? Wollt Ihr den Hofstaat Eures Vaters verlassen?"

„Nicht eine Stunde länger will ich bleiben, und die Unbill mit ansehen!" rief Erich leidenschaftlich. — „Meine Beatrix mit den Kindern ist bereits fort, ich folge ihr auf dem Fuße, die Rosse stehen gesattelt. Nur mit Dir, dem treuen Freunde, dessen Rath mich schon oft in bösen Fällen geleitet hat, wollt' ich noch sprechen. Weißt Du, daß dieser freche Pilz, der zwischen mir und meinen Eltern, ja zwischen dem Könige und seinen Schweden aufgeschossen ist, zum Herzoge von Schonen und Halland ernannt wird?"

„Ich habe davon gehört," entgegnete Ulf. „Er will es ablehnen."

„O glaube dem Buben doch nicht!" rief der Prinz. — „Er kennt Deine strenge Rechtlichkeit, er will Dich durch diese Selbstverleugnung bestechen.

Nein, Ulf! Viele haben sich unwürdig in meines leichtgläubigen Vaters Gunst gedrängt, aber dieser ist von allen der Unerträglichste. — Auch meine Mutter! Sprich mir kein Wort, Ulf! Sie haßt mich; aber ich würde mir eher die Zunge ausreißen, als ihren Ruf verunglimpfen. Ich weiß es, Ulf, sie ist makellos, ich weiß es und kann darauf schwören; aber der Schein ist wider sie, und sie verachtet die Meinung der Welt! Und dieser Geck, dieser Elende, der sich durch sein glattes Gesicht, durch seine weibisch weichlichen Reden bei ihr eingeschmeichelt —", er stampfte wild mit dem Fuße, daß die Fenster klirrten.

„Lieber Herr," bat der Truchseß, „gebt Euch diesem Zorne nicht hin. Der Unbedeutende verdient ihn nicht. Glaubt mir, er wird über Nacht einmal fallen, wie er aufgestanden ist. Ihr thut Unrecht, ihm das Feld zu räumen!"

„Ha, glaubst Du, das werde ich?" rief Prinz Erich aus heißer Brust zwischen den geklemmten Zähnen hervor. „Ich will ihm begegnen, wo ihn meines Vaters Schild nicht deckt. Ulf! Meine Getreuen haben sich gesammelt und rufen mich — Du sollst von mir hören!"

„Herr Gott!" sagte der Truchseß erschrocken. „Ihr wollt doch nicht gegen Euern königlichen Vater —?"

„Nur gegen das Gesindel, dem er allzu gnädig ist!" rief Erich. „Gegen diesen Herzog, der mein Todfeind heißt, der mir die Liebe meiner Mutter geraubt hat, daß sie mir heut drohte! — Eine Drohung verträgt Erich's Blut nicht! Mögen sie zusehen, was sie angerichtet haben! — Wenn ich König bin und die Erichsstraße reite, um die Huldigung meiner Unterthanen zu empfangen, dann wird Mancher, der mir jetzt frech in's Auge sieht, eine ganz andere Straße wandeln: die Straße zum Hochgerichte!"

„Herr, ich bitte Euch um Eurer Seelenruhe, um Eures Gewissens, um einer sanften Todesstunde willen!" bat der Truchseß, den aufgehobenen Arm des Prinzen fassend. „Gebt diesen Vorsatz auf! Ihr wollt dem Rufe der Mißvergnügten folgen, Ihr wollt Euch zum Könige wider Euern Herrn und Vater ausrufen lassen, Ihr gedenkt die blutigen Gräuel zu erneuern, welche das Haus der Folkunger schon mehr als einmal erschütterten!"

„Mein Haus soll mir sicher sein!" rief Erich. „Aber wehe meinen Feinden! — Laß mich;. Du scheinst von mir abzufallen. Geh' hin, erzähle dem Könige, was Du gehört hast, ich spotte aller Verfolgung."

Er riß sich los, floh aus dem Zimmer, und schlug dessen Thüre donnernd zu. Der treue Ulf blieb in trüber Stimmung zurück, von schweren Zweifeln über seine Pflicht bewegt.

8.

Die Entfernung des Thronerben, welche am andern Morgen bekannt wurde, machte am Hofe einen großen Eindruck. — Der Truchseß war mit seinem lautern Gewissen auf das Reine gekommen, hatte seinem Herrn gemeldet, daß die Gefahr eines Bürgerkrieges wiederum dem Reiche drohe, wenn er nicht die schnellsten Maßregeln treffe, sie im Keime zu ersticken, wozu er aber nicht eiserne Strenge und Gewalt anrieth, sondern den König mit Ehrerbietung auf die Ursache der Zerwürfniß aufmerksam machte, die er bringend bat, zu beseitigen.

Magnus rieb sich unmuthig die Stirne. — „Soll ich diesem tollköpfigen Knaben nachgeben?" rief er. „Treue Diener, die mein Wohlwollen mit Recht erworben haben, fortjagen, weil sie ihm nicht gefallen? Was hat ihm der arme Junge zu Leide gethan? Er ist ja so gut."

Der Besprochene wurde eben gemeldet. Er kam sich für die hohe Gnade zu bedanken, die er keineswegs ausgeschlagen hatte: er war wirklich zum Herzoge von Schonen und Südhalland erhoben worden. Die Anwesenheit des Truchsesses, gegen den er noch

gestern sich ganz anders geäußert hatte, wäre wol ge-
eignet gewesen ihn zu verwirren, Bengt Algotsson besaß indessen eine eiserne Stirn, und sein Antlitz
zeigte nur lächelnde Freude, nicht den kleinsten Anflug
von Verlegenheit, als er flüchtig grüßend an ihm
vorüberging, um seinem Herrn eine wohlgesetzte Dank-
rede zu sagen. Ulf sah, daß nichts mehr zu thun
sei; der Würfel war gefallen, das weitere Schicksal
der Betheiligten lag in Gottes Hand.

Er war kaum in seinem Hause angekommen und
hatte Frau Katharina, welche jede Sorge mit ihm
theilte, auch diese vertraut, als ihm der Mann, den
er jetzt am wenigsten erwartete, gemeldet wurde: der
neue Herzog von Schonen. In der ersten Aufwal-
lung gedachte er ihm die Thüre zu weisen, aber er
besann sich eines Bessern, und empfing ihn, wiewohl
sehr kalt.

„Wir müssen uns verständigen, trefflicher Freund,“
rief Bengt noch auf der Schwelle. — „Euch bin ich
eine Erklärung schuldig, Euch ganz allein im ganzen
Schwedenlande!“

„Es könnte sein, daß Euch doch auch von Andern
Rechenschaft abgefordert würde!“ entgegnete Ulf.

„Wie meint Ihr das?“ fragte der Herzog stolz.

„Ihr wißt nicht, daß die Mißvergnügten zu den
Waffen gegriffen haben?“ sagte der Truchseß. „Daß

Erich Magnusson sich von hier entfernt hat, um sich an ihre Spitze zu setzen?"

„Ich habe davon reden hören," erwiederte Bengt, nachlässig mit seinem Dolchgriffe spielend. „Mich berührt das nicht. — Will der trotzköpfige Knabe seine Waffen wider den Vater erheben, so wird dieser am besten wissen, wie man Rebellen behandelt. Sprechen wir von Dingen, die uns näher angehen."

„Wie?" unterbrach ihn Ulf unwillig. „Geht uns das Elend des Bürgerkrieges, das Ihr zum großen Theile mit verschuldet, nichts an? — Doch ich darf mit Euch nicht mehr rechten, Herr Herzog, und so sagt nur kurz, was Euch zu mir führt."

„Ich sehe es, wie Ihr mich verkennt!" rief Bengt. „Doch das ist ja das Loos Aller, welche sich aus dem großen Haufen emporarbeiten, daß sie selbst von ihren besten Freunden verkannt werden. Ich kam, Euch die Gründe auseinander zu setzen, welche mich bewogen haben, troß meiner gestrigen Weigerung, den Gnadenbeweis meines Herrn dennoch anzunehmen, da ich Euch aber so entschieden in Eurer Ansicht finde, muß ich es der Zeit überlassen, mich zu rechtfertigen. — Somit sei denn dieser Punkt abgethan, und ich komme auf den zweiten, der meinem Herzen näher liegt. Ihr wißt, daß ich Erika Tott liebe."

„Könnt Ihr wirklich darauf noch zurück kommen?“ fragte der Truchseß.

„Ja, Ulf Amundsſon!“ ſagte Bengt mit Nach=
druck. „Und ich denke, daß mir die Standeserhöhung
in den Augen der ſchönen Erika nicht ſo viel ſchaden
wird, als in den Eurigen. Wollt Ihr meine Wer=
bung geſtatten?“

„Erika iſt freie Herrin über ihre Hand,“ erwie=
derte der Truchſeß kalt.

„So bitt’ ich Euch, mich zu ihr zu führen,“ ſagte
der Herzog. — „Eure Gemahlin wird mir hoffent=
lich den Zutritt geſtatten.“ —

Ulf rief den Diener, welcher im Vorzimmer war=
tete und ließ ſeiner Frau den Herzog von Schonen
und Halland melden, welcher in wichtiger Angelegen=
heit mit Fräulein Erika Tott zu ſprechen wünſche.
Bengt Algotsſon ging in großer Zuverſicht auf
und ab, bis der Truchſeß wieder zu ihm trat, und
ihm mit der kühlſten Höflichkeit einen Seſſel bot.

„Ich muß Euer Wort wieder aufnehmen,“ ſagte
Bengt. „Warum wundert Ihr Euch, daß meine
Liebe zu Erika ſtandhaft bleibt?“

„Iſt ſie das?“ fragte der Truchſeß trocken.

„Könnt Ihr zweifeln?“ rief Bengt mit einem
Ausdrucke der Leidenſchaft, welcher Wahrheit in ſich
trug. „Kann auch Euer kluges Auge durch den leich=

ten Nebel getäuscht werden, ten mein Verhältniß um
mich her verbreitet?"

Der Diener kam in diesem Augenblicke zurück und
brachte den unwillkommenen Bescheid, daß es beiden
Frauen unmöglich sei, den Herzog zu empfangen, in=
dem sie eben im Begriff ständen, die Messe zu be=
suchen. Eine finstere Wolke des Unmuths beschattete
des Herzogs schöne Stirn, und er sagte, zu seinem
Hute greifend: „Nehmt mir's nicht übel, Ulf
Amundsson, aber Euere frömmelnde Frau wird
die lebensfrohe Erika noch zur Kopfhängerin machen;
ich habe davon unterwegs Beispiele erlebt. Das
muß anders werden, sobald ich meiner Sache ge=
wiß bin!"

„Gott verhüte, daß meine Frau ihren frommen
Sinn ändere!" sprach der Truchseß. „Sollet Ihr
aber Euerer Sache so gewiß werden, als Ihr nicht
zweifelt, so dürfte Katharina's Einfluß auf Erika
schwinden."

„Uebernehmt meinen Antrag!" rief der Herzog.
„Seid Ihr mein Freiwerber!"

„Ihr wählt den schlechtesten," versetzte Ulf
ironisch.

„Thut nichts!" sagte der eitle Mann. „Ihr
werdet mir nicht hinterrücks schaden, dazu kenne ich
Euch zu gut. Bestellt nun meine Werbung an die

holbe Erika, und da sie, wie Ihr selbst sagt, freie
Herrin über ihre Hand ist, so zweifle ich nicht, daß
sie meine treue Liebe mit süßer Gewährung krönen
wird."

Er empfahl sich, und eilte, stolzer Hoffnungen
voll, die Treppe hinab, an deren Fuß er auf einen
Bekannten stieß, welcher sie eben ersteigen wollte. Es
war der blonde Axel Eilifsson, sein Vetter.

„Was thust Du hier?" ließ er ihn nicht eben
freundlich an.

„Ich will Abschied nehmen," sagte Axel, an
welchem der Mißton verloren ging. — Bengt bemerkte erst jetzt, daß er in Trauerkleidung war, und
fragte nach der Ursache.

„Mein Vater ist gestorben," antwortete Axel
traurig. „So plötzlich, so ohne alle Krankheit! Und
ich mußte nicht daheim sein, mußte einer fremden
Hand die Sorge überlassen, ihm die Augen zuzu-
drücken!"

„Du willst also zurück nach Ringstaholm?" fragte
Bengt freundlicher, denn es war ihm, trotz seiner
Zuversicht auf den eigenen Werth, sehr lieb, eines
Nebenbuhlers, der so offen neben ihn trat, entlebigt
zu werden.

„Muß ich nicht?" entgegnete Axel. „Ich habe
dort große Pflichten zu erfüllen."

„Und wirst Dir die Einsamkeit schon zu versüßen wissen," sagte Bengt leichtfertig. „Deine Mutter wird schon wieder für ein hübsches Gürtelmädchen gesorgt haben; sie ist eine Feindin aller Häßlichkeit."

„Bengt Algotsson!" — rief Axel mit großem Unwillen.

„So heiß ich, und Herzog von Schonen und Halland dazu, und es werden Dich Viele beneiden, daß Du mein Vetter bist," sagte der Leichtsinnige. „Sei nur kein Heuchler, ich bitte Dich! Mir wirst Du kein Tugendspiel mehr vorgaukeln, ich habe Dich einmal durchschaut. Denkst Du, ich hätte die hübsche Thora ganz aus dem Gedanken verloren?"

Axel erröthete bis unter die Stirnhaare. — „Wenn ich Dir aber wiederhole, was ich Dir damals schon betheuert habe!" rief er heftig. „Dieser Verdacht ist ehrlos!"

„Stille Freund!" sagte Bengt lachend. „Es hat uns Niemand behorcht, und wenn ich sehe, daß Dich die wunde Stelle so sehr schmerzt, will ich sie nicht mehr berühren. Ehrlos aber, mein junger Burgherr von Ringstaholm, ist eine so unschuldige Sache nicht, wie ein Liebeshandel mit einer hübschen Bauerndirne, höchstens unangenehm, wenn er Folgen hat, wie der mit der schönen Thora."

„So habt Ihr andere Begriffe als ich!" rief

Arel mit flammendem Angesichte. „Und es käme nur darauf an, daß wir uns mit der Klinge darüber verständigten."

„Wenn Ihr zurückkommt von Ringstaholm, wird Euch der Herzog Rede stehen!" entgegnete Bengt Algotsfon leichthin. „Dieses. Haus, wo meine Braut wohnt, ist nicht der Ort, einen kindischen Streit auszufechten."

„Deine Braut?" rief Arel erbleichend. „Wen meinst Du damit?"

„Erika Tott, mein lieber Vetter," sagte Bengt mit einem Hohn, den er sich nicht versagen konnte.

Arel mühte sich vergebens um ein Wort auf die Nachricht, welche ihn traf, wie ein Blitz aus heiterer Höhe. Er starrte nur den Glücklichen an, als erwarte er noch mehr von ihm zu hören, und um seine Lippen zuckte ein schmerzliches Ringen.

„Wollt Ihr mich begleiten, oder erst Abschied nehmen, wie Ihr sagtet?" fragte Bengt, als er mit flüchtigem Kopfnicken an Arel vorüberging, und dieser unschlüssig stehen blieb, ohne sich nach der Treppe zu wenden.

„Ich komme mit Dir!" rief Arel. „Was soll ich noch hier!" Sein Gefühl war zu mächtig, seine Seele zu offen, als daß selbst der Stolz ihn Verstellung lehren konnte. Bengt lächelte triumphirend.

Vor dem Portale hielten die Knechte mit den Pferden. Die beiden Vettern saßen auf, und ritten eine Weile schweigend durch die Straßen. Endlich brach Axel aus. „Ja, Bengt, ich will es Dir nicht verhehlen!" rief er. „Du hast es immer treu mit mir gemeint, sind wir doch Spielgenossen aus unserer Kindheit. Du wirst mich nicht verspotten, wenn ich Dir mein Herz eröffne. Ich habe Erika Tott geliebt — was sag' ich? Kann ich meine Liebe je vergessen? Ich liebe Erika noch, obschon sie die Deine geworden ist. Darum will ich sie nicht mehr sehen, ich gehe nach Ringstaholm und kehre nicht wieder zurück. — Sei glücklich mit ihr, doch das bedarf meines Wunsches nicht. Aber Bengt Algotsson, mache auch sie glücklich, darum beschwöre ich Dich! — Bei Gott, wenn sie eine Thräne um Dich jemals vergießen würde, — doch das ist unmöglich, Du liebst sie ja. Leb' wohl!"

Er gab plötzlich seinem Rosse die Sporen und Zügelfreiheit, und jagte, ohne sich umzuwenden, voraus und hinweg. — Der Herzog von Schonen sah ihm nach und konnte nicht lächeln, ein ungewöhnlicher Ernst spannte seine Züge.

Es vergingen mehrere Tage, ohne daß er auf seine Werbung einen Bescheid erhielt. Schon glaubte er, der Truchseß habe sie nicht der schönen Erika vor-

getragen, und als er ihn das nächste Mal bei Hofe
ansichtig wurde, mahnte er ihn bringend daran. Ulf
zuckte die Achseln und versicherte, er habe seine Pflege-
befohlene sofort von den Wünschen des Herzogs von
Schonen in Kenntniß gesetzt, aber von ihr noch keine
Antwort erhalten können.

„Das ist mir ein gutes Zeichen!" rief Bengt.
„Sie will mit jungfräulicher Zurückhaltung die zarte
Angelegenheit behandeln, das gefällt mir besser, als
ein rasches Ja! — Ihr aber, mein würdiger Freund,
den ich bald Oheim nennen werde, warum laßt Ihr
diese kalte Entfremdung nicht schwinden? Bin ich
nicht derselbe noch, der einst in Euerm Hause freien
Zutritt hatte, dem Ihr so freundlich wart, dem Ihr
sogar Euer Theuerstes zu schirmen vertrautet, als Ihr
selbst an der Reise verhindert wurdet?"

„Mein Herr Herzog," erwiederte Ulf; „Ihr seid
nicht derselbe mehr, und darum wundert Euch nicht,
wenn Ihr auch mich und manchen braven Schweden
anders gegen Euch gesinnt findet, als sonst." — Der
aufrichtige Mann irrte sich doch, Bengt Algotsson war noch derselbe, der er von Kindheit auf gewesen. —

„Mein Gott," versetzte der Herzog, „ich hoffe
doch nicht, daß Euch mein jetziger Rang abhält —"
Ulf Bonde verneigte sich mit einem Lächeln,

deſſen Bedeutung nicht zweifelhaft ſein konnte, und
brach die Unterredung unter einem ſchicklichen Vor-
wande ab. Hätte Bengt nicht von ihm für die
Erfüllung ſeines heißeſten Wunſches einen Beiſtand
gehofft, jenes Lächeln würde ihn zu des Truchſeſſes
bitterſtem Feinde gemacht haben. Aber Rachſucht
war überhaupt ſein Fehler nicht; er vergaß eine
Kränkung ſo gut, wie eine Wohlthat, wenn ſich nicht
augenblicklich die Gelegenheit fand, ſie zu vergelten.

Wieder verging eine Zeit, in welcher ſeine Ungeduld auf das Höchſte ſtieg. Der Truchſeß hatte ſtets
für ihn dieſelbe Antwort, daſſelbe Geſicht. — „So
muß ich Erika ſelbſt ſprechen!" rief Bengt. —
„Morgen, wann finde ich ſie am ſicherſten? Meldet
mich ihr vorläufig an, damit ſie ſich endlich auf das
Ende dieſes Spieles vorbereite."

„Ich kann Euch nur zur Geduld rathen," erwiederte der Truchſeß. „Erika hat auf das Beſtimm-
teſte erklärt, ſich in ihrem freien Entſchluſſe nicht über-
eilen zu laſſen, und kein Geſpräch mit Euch anzunehmen. Ihr werdet doch nicht mit Gewalt in ihr
Zimmer dringen wollen? Auch dann, ich verſichere
Euch, würdet Ihr ohne Beſcheid abziehen müſſen.
Erika hat gar einen ſtolzen, ſelbſtſtändigen Sinn!"

„Grade deshalb lieb' ich ſie," rief Bengt, „und
ſie muß mein werden." — Er baute jetzt einen andern

Plan. Es wurde ihm leicht, von der Königin die Zusicherung eines Festes zu erhalten, bei welchem er Erika zu sehen und zu sprechen hoffte. Das Fest wurde angesagt, die geladenen Gäste erschienen, auch die Gemahlin des Truchsesses, aber Erika blieb aus. — Frau Katharina berichtete auf Bengt's leiden= schaftliche Frage, daß Erika sich nicht habe entschlie= ßen können, sie zu begleiten. Jede weite Erörterung lehnte sie mit jener frauenhaften Hoheit ab, welche selbst den dreistesten Männern imponirt. Hätte Erika im Sinne gehabt, die Leidenschaft ihres Anbeters auf den höchsten Gipfel zu treiben, sie hätte kein passen= deres Mittel dazu wählen können, als den Weg, den sie verfolgte. Bengt Algotsfon verzehrte sich in glühenden Wünschen; Alles, was er erreicht hatte, seinen Rang, seine Reichthümer, die Fülle der königs= lichen Gnade, welche täglich mit neuen Geschenken und Verleihungen auf ihn herabflutete, Alles genügte ihm nicht, wenn er nicht die Rose der Liebe in seine Ehrenkrone flechten konnte. Erika mußte sein wer= den, das gelobte er sich theuer, und die Zeit, welche sich immer drohender gestaltete, drängte ihn zu einem entscheidenden Schritte. Es kamen nämlich fast wöchentlich beunruhigende Nachrichten in die Haupt= stadt, wie die Macht der Rebellen wachse, und Bengt, welcher die Gefahr sah, wenn er sie auch verlachte, hatte dem sorglosen Könige selbst zu gewaltsamen Maßregeln gerathen. Ehe der Winter verging, sollte ein Hauptschlag ausgeführt werden, der noch ein Geheimniß blieb. — Da erscholl das Gerücht: Prinz Erich sei von den Seinigen zum Könige von Schweden ausgerufen worden, und bei der allgemeinen Stimmung des Volkes stand wohl zu befürchten, daß es ihm in Masse zufallen könne. Unter diesen Umständen mußte Bengt, wenn er sich behaupten wollte, selbst in das Feld ziehen, um den Fortschritten der Gegenwart Einhalt zu thun. Wohl war ihm bekannt, daß seine Todfeinde nicht rasten würden, ihn zu verderben. Er hatte ein mächtiges Geschlecht, die Sparre, beleidigt, indem er eine Tochter desselben, Ingeborg, welche der König mit ihm vermählen wollte, bei seiner Leidenschaft für Erika verschmäht hatte. Der Oheim derselben, und besonders ihr Bruder, Karl Ulfson til Tofta, Reichsrath, einer der angesehensten und gelehrtesten Männer in Schweden, dessen Verdienste die Reimchronik jener Zeit aufbewahrt hat, waren seitdem in offener Feindschaft wider Bengt Algotsson Grip — das war sein Familienname — aufgetreten, und hatten geschworen, Gut und Leben daran zu setzen, um den Schimpf, der ihrem Hause widerfahren sei, zu rächen. — Das wußte Bengt, und brannte, seinen Gegnern im

Kampfe zu begegnen, aber er wollte Stockholm nicht eher verlassen, bis er Erika's gewiß war. — Der Truchseß kreuzte seinen Weg; auf ihn konnte er nicht rechnen, er schaffte ihn also fort. Ein wichtiger Auftrag, den er vom Könige erhielt, führte Ulf nach der Landschaft Nerike; Bengt Algotsson hatte freies Spiel, und ließ sich, sobald er die Abreise des Hausherrn erfahren hatte, bei seiner Gattin melden. — Frau Katharina empfing ihn ernst.

„Es ziemt der Frau zwar nicht," sagte sie, „in Abwesenheit ihres Herrn Besuche anzunehmen, aber eingedenk der Zeit, wo —"

„Euer Haus mir befreundet war," ergänzte der Herzog rasch, da Katharina einen Moment nach dem passenden Ausdruck suchte. „Diese Zeit hat sich leider geändert, und ich trage die Schuld nicht. Doch lassen wir diese Mißverständnisse unerörtert. Ihr wißt, edle Frau, was mich herführt. Ich werde den Hof in diesen Tagen verlassen, um das Schwert des Reiches, das der König in meine Hand gelegt hat, gegen seine Feinde zu führen, und kann nicht scheiden, ohne mein Schicksal aus dem Munde der holden Erika selbst zu erfahren. Wollet daher so gütig sein, das Fräulein in meinem Namen um eine Unterredung zu bitten."

Katharina fügte sich, versicherte aber im Vor=
aus, daß Erika sich nicht dazu entschließen werde.
Bengt zuckte lächelnd die Achseln, und äußerte, er
wolle das abwarten. Zu seinem höchsten Triumphe
kehrte Katharina auch nicht allein zurück, sondern
Erika erschien mit ihr, erröthend, lieblicher, als er
sie je gesehen hatte.

Er eilte ihr entzückt bis an die Thüre entgegen,
beugte das Knie vor ihr und rief:

„O, daß ich diese Huld zu meinen Gunsten beu=
ten könnte! Daß meine Treue endlich Erhörung —"

„Steht auf, Herr Herzog!" unterbrach ihn Erika
zurücktretend. „Wenn Ihr mich nicht augenblicklich
verscheuchen wollt, bitte ich, Eure Sprache zu mä=
ßigen. Ich kam, Abschied von Euch zu nehmen, da
Ihr, wie ich höre, in das Feld ziehet."

„Abschied?" wiederholte Bengt. „Und meine
Liebe, meines Herzens Treue, welche mir, das kann
ich wohl sagen, den blutigen Haß meiner Feinde zu=
gezogen hat, gilt sie Euch nichts? darf ich keine Hoff=
nung mit mir nehmen?"

„Was sagt Ihr von Feindeshaß, den ich Euch
zugezogen habe?" fragte Erika, ihre Bewegung
meisternd.

„Hat man Euch das verschwiegen?" rief der
Herzog. „O das glaub' ich gern! Vernehmt denn,

daß ich um Euch manche Hand, selbst die einer Sparre, welche der König mir bot, ausgeschlagen habe, daß mir darum der bitterste Haß, ja der Tod geschworen ist."

„Um mich?" rief Erika.

„Wer fürchtet den Tod, ein solches Gefühl im Herzen!" entgegnete der Herzog glühend. „Geliebte! Muß ich scheiden, vielleicht auf ewig, ohne den kleinsten Schimmer einer Hoffnung mit mir zu nehmen? Gebt mir nur ein armes kleines Wort, das mich nicht verzweifeln läßt, mit auf den Weg! Ich müßte ja die Rettung vor meiner Qual in den Speeren der Feinde suchen!"

„Kehrt glücklich zurück," sagte Erika in hoher Verwirrung; „dann sprechen wir mehr."

„Diese Rückkehr ist mir vielleicht nicht frei," rief Bengt, „wollt Ihr mir den Trost der letzten Stunde versagen?"

„Herr Herzog," kam Katharina ihrer bedrängten Freundin zu Hülfe, „warum bestürmt Ihr die Arme, die sich, Ihr seht es, noch nicht über diesen wichtigsten Schritt des Lebens berathen und entschieden hat? Gönnt ihr Zeit, und kehrt glücklich aus dem Kriege zurück, dann werdet Ihr die Entscheidung hören."

„Ha, das spricht Ulf Amundssons Gattin!"

rief der Herzog leidenschaftlich. „Daran erkenne ich
die Arglist, die mir kalt und sicher mein Glück rauben will, mag ich auch darüber verbluten! — Zu
Euch wende ich mich, geliebte Erika, von Euren
Lippen allein und in dieser Stunde, die uns vielleicht
nie wiederkehrt, will ich die Entscheidung meines
Schicksals hören. Ihr waret einst so gütig gegen
mich, Ihr ließt mich hoffen, ja, ich glaubte die süßeste
Gewißheit zu haben, Euerm Herzen nicht gleichgültig
zu sein! Ist es denn möglich, daß Eure hohe Seele
sich dem niedrigen Argwohn hingeben kann, den
meine Feinde nicht müde werden, gegen mich auszu-
streuen? Könnt Ihr, die Ihr in mein Herz geschaut
habt, vor der es erschlossen liegt, wie ein klarer Kry-
stall, so gemeinen Lügen Glauben schenken? Ihr
könnt es nicht! Ich lese es in diesem Blicke, der mich
jetzt beseligend traf! Nur einen Moment war Eure
bessere Meinung verdunkelt, ich stehe wieder derselbe
vor Euch, der Euch nach Wadstena geleitete, so gebt
mir das süße Wort der Gewährung: Wollt Ihr die
Meinige sein?"

„Herr Herzog, ich muß — ich kann nicht eher,"
— sagte Erika, sich abwendend, ihre schamhafte
Glut zu verbergen.

„Du bist meine Braut!" rief der Herzog mit
Entzücken, ergriff ihre Hand, die sie ihm wehren

wollte, und zog das widerstrebende Mädchen an seine
Brust. Sie war fassungslos; ein unnennbares Gefühl von Süßigkeit und Weh überwallte ihr Herz;
sie duldete es, daß Bengt ihre jungfräulichen Lippen
mit einem Flammenkusse berührte, daß er einen Gold-
ring mit blitzenden Juwelen, das Geschenk der Königin Blanca, an ihren Finger steckte. — Katharina hatte sich von der Scene abgewandt, und die
Hände gefaltet, als bete sie für das Glück ihrer
Freundin. Wahrlich, es war ihr nie so nöthig gewesen!

7.

Der Abend eines kalten Februartages brach an,
als der junge Burgherr von Ringstaholm in den letzten Wald ritt, der ihn von dem Motalaflusse trennte.
Die Kälte war streng, ein scharfer Wind strich durch
das tiefhängende Gezweig der immergrünen Fichten,
der Schnee knirschte unter dem Hufschlage. — Schon
war die Sonne hinter die Berge gesunken; ein flammendes Abendroth lag im Niedergange, und malte
den winterlich klaren Himmel weithin mit Glut,
welche doch keine Wärme spendete. Axel trabte
flüchtig den hartgefrorenen Weg entlang, hinter ihm
in leisem Geplauder das Dienerpaar. Oede war der
Pfad, oder das Herz des einsamen Reiters; es war
vereinsamt für das Leben. Welchem Wiedersehen

ritt er entgegen! Das Bild feiner Mutter, der mil=
den, engelguten Frau, stand ihm unablässig vor Au=
gen; er fragte sich, wie sie den Verlust ihres Gatten,
an dem sie mit ganzer Seele gehangen, ertragen
könne, und wünschte seinem Rosse Flügel, um nur
schnell die bangen Besorgnisse zu zerstreuen, welche
ihm ahnungsvoll das Herz beschwerten. Wenn er
von dieser Zukunft das Auge seines Geistes in die
Vergangenheit richtete, so bebte es vor einem andern
Bilde, das ihn mit heißen Schmerzen füllte, vor der
Gestalt seiner verlorenen Geliebten. Was blieb ihm
denn? Nur männliche Ergebung und das Gefühl der
Pflicht! Das rief ihn vor allen Dingen, und stellte
ihn auf eine ernste Probe.

Mitten im Walde, da es schon anfing dunkel zu
werden, hörten die Diener plötzlich Hufschlag, der
ihnen rasch entgegen kam. Sie sagten es ihrem
Herrn, dessen Geist der Gegenwart zu entfremdet
war, um auf das zu achten, was um ihn her vor=
ging. Arel blickte auf, und gewahrte einen reisigen
Trupp, dem er vielleicht noch hätte entgehen können,
wenn er sich schnell dazu entschlossen hätte. Er war
aber des Fliehens nicht gewohnt, und glaubte über=
haupt nichts befürchten zu müssen. Der Vorderste
der Ankommenden schrie ihm zu: welche Losung er
habe? Arel erwiederte, daß er in Frieden reite,

Niemandes Feind sei, folglich auch keine Art von
Losung kenne; — worauf der Reiter ohne Weiteres
auf ihn ansetzte, um ihn mit dem Speere niederzu-
werfen. — Arel riß das Schwert von der Seite,
schlug des Angreifers Waffe hinweg, und wehrte sich,
da er nun auch von zwei Andern angefallen wurde,
seines Lebens, das er allerdings gegen die Mehrzahl,
denn seine Diener waren geflohen, hätte verlieren
müssen, wenn nicht im entscheidenden Augenblicke
eine starke Stimme Halt geboten hätte. Da ließen
die Feinde von Arel ab, und wandten sich um,
ihrem Führer Rede zu stehen.

„Schämt Ihr Euch nicht, zehn gegen einen
Mann?" rief dieser, ein Vollgeharnischter mit dem
Abzeichen der Ritterschaft. „Wollt Ihr Nibingswerk
thun, und unsere gerechte Sache entehren? — Wer
ist der Mann, den Ihr angefallen habt?"

„Er will nicht für König Erich sein," schrieen
die Reiter.

„Seh' ich recht?" rief Arel, als er den Ritter
beim schwachen Lichte der Dämmerung in's Auge
faßte. — „Ihr seid es, Karl Ulfsson? Wie soll
ich mir das deuten?"

„Ha, das ist Arel!" entgegnete Karl Ulfsson til Tofta, denn kein Anderer war es, als der
Reichsrath, Ritter und Landrichter von Upland,

auch Magister liberum artium der Universität zu
Paris, welcher hier bei einbrechender Nacht verkehrte.
— „Findest Du es sonderbar, daß ich mein Recht
suche, da es nicht anders geschehen kann, als mit dem
Schwerte?"

„Verzeihe mir, Karl," erwiederte Axel bescheiden, „mit dem Schwerte Recht suchen, heißt es verwirken! Du empörst Dich gegen Deinen Herrn, unsern gesalbten König."

„Nicht gegen ihn, nur gegen den Elenden, den er
mit Ehren überhäuft, der das Mark des Landes verzehrt!" rief der von Tofta. — „Er hat mein Haus
beschimpft — er ist mir sein Blut schuldig!"

„Du meinst Bengt Grip, den Algotsson?"
— fragte Axel betroffen. „Was hat er Dir gethan?"

„Den Herzog, Gott sei es geklagt, von Schonen,
ja!" — versetzte Karl Ulfsson. „Ich weiß, er ist
Dein Vetter, aber ich kann nicht lügen. Ich hasse
ihn, als meinen Todfeind. — Er hat meine Schwester mit Schmach zurückgewiesen, da der König, —
bei meines Vaters Haupte schwör' ich! — ohne unser Vorwissen sie ihm antrug."

„Weil er schon verlobt ist!" sagte Axel mit
Wärme. — „Sollte er seine Braut verstoßen, ein
anderes Haus beschimpfen?"

„Gleichviel! — Das ganze Land haßt ihn, und wir werden nicht ruhen, so lange er Schwedens Boden unter den Füßen hat!" rief der Reichsrath. — „Will König Magnus ihn schützen, mag er es thun auf seine Gefahr! Wir führen nicht Krieg gegen unsern gesalbten Herrn, König Erich nicht gegen seinen Vater, — sondern nur gegen Herzog Bengt, dessen Verwandtschaft mit Dir ich gern zerreißen möchte."

„Karl, wir sind Freunde, Du wirst mir ein freies Wort gönnen," versetzte Arel. — „Sprichst Du von Treue gegen Deinen gesalbten Herrn, und nennst doch Erich Magnussohn König, da es nur einen König in Schweden geben kann?"

„Der Knabe sticht Sillogismen!" rief Karl. — „Komm', Arel, reite mit uns — was willst Du daheim? Du hast Dich wohl sehr erschrocken und betrübt, als Dich die Botschaft traf? Wir kommen aus der Gegend von Ringstaholm, armer Junge."

„Ja, Karl, es ist ein hartes Geschick," erwiederte Arel. — „Leb' wohl; ich muß eilen, Du kannst Dir's denken."

„Kommst ja doch zu spät," sagte der Reichsrath mitleidig. „Sie ist schon gestern beigesetzt."

„Wer?!" rief Arel hochauffahrend vor tödtlichem Schreck.

8*

„Nun, wer anders?“ entgegnete der Reichsrath.
— „Wie thust Du? — Gott verhüte, daß ich Dir
eine neue Trauerkunde bringe! Weißt Du nicht —?
Deine Mutter —“

„Jesus!“ schrie Arel. „Sie ist todt?“

„Armer Mensch!“ sagte Karl. „Fasse Dich!
Wer konnte das denken! Ja, Arel, der Herr hat sie
auch abgerufen. Du bist ein Mann —“

„Mein Heiland!“ rief Arel. „Das ist zu viel,
zu schrecklich! Ich muß hin, ich muß sie sehen!“

Der Reichsrath räumte dem Ansprengenden die
Straße, und sah ihn in dem tiefeingebrochenen Dunkel des Waldes verschwinden. Dann ritt er langsam
mit den Seinigen weiter, dem Feldlager zu, das im
Bezirk des nächsten königlichen Hofes aufgeschlagen war.

Arel jagte, wie von bösen Geistern getrieben,
durch den hallenden Forst, bis er dessen Ende erreichte
und die Lichter der Stadt Norköping fernher blinkten.
— Vor ihm lag der gefrorene Motalastrom, und
mitten in demselben die Insel, auf welcher die schwarzen Zinnen und Thürme der Burg Ringstaholm zum
Nachthimmel emporragten. Heut findet der Wanderer nur noch ihre Trümmer. Mit dem tiefsten
Schmerze, der jetzt erst in dem Verwaisten zum vollen
Bewußtsein kam, setzte er sein Hifthorn an die beben-
den Lippen, und blies die Töne, welche dem Wächter

seine Ankunft verkündigten. Augenblicklich schallte ihm eine klare, schmetternde Antwort. Er trieb sein scheuendes Roß den Rand zum Flusse hernieder, und ritt über das Eis dem äußern Ringwall zu. Schon war im Schlosse Leben erwacht; seine Getreuen kamen ihm mit Fackeln entgegen.

Er hatte keine Frage; stumm nahm er ihre Grüße, ihr Beileid hin. So ritt er ein in die Burg seiner Väter, die er mit ganz andern Gefühlen verlassen hatte. Damals lachte ihm die ganze Welt, eine schöne Hoffnung verklärte seine Zukunft; er schied freudigen Herzens von dem Elternpaare, das er nicht mehr wiedersehen sollte. Wie anders kehrte er heim! Es ist eine Gnade Gottes, daß kein Mensch auch nur die nächste Minute vorher weiß, und die Ahnungen, welche zuweilen um sein Haupt wehen, erst verstanden werden, wenn sie erfüllt sind.

Frau Kettilmund, die alte Schaffnerin, empfing ihren Herrn an der Treppe. Sie ergoß sich in Worten und Thränen, wie es der Frauen Art ist, und war nicht wenig entrüstet, als Axel nur einsilbig antwortete und sie sogleich entließ. Er fühlte das Bedürfniß, allein zu sein. Mit schwerem Herzen überschritt er die Schwelle des großen Saales, gab den Dienern einen Wink, sich zu entfernen, und stand nun, sich selbst überlassen, in der Mitte der Halle.

Er kreuzte die Arme über die Brust, er sank in tiefes
Nachsinnen. Der Schmerz, den er heut erfahren
hatte, überkam ihn mit erneuter Gewalt, — was
auch der Mensch verlieren kann, er wird irgendwie
Ersatz finden, aber ein Mutterherz nie wieder! Selbst
ein fester Mann mag durch diesen Verlust erschüttert
werden, wie viel mehr der junge Axel, der eben erst
in das Leben getreten und wider dessen Wechselfälle
noch keineswegs gestählt war. Doch faßte er sich
schneller, als man ihm zugetraut hätte; er richtete
das Haupt empor, um sich der Schwäche zu entschlagen, er gelobte sich, der Zukunft mannhaft in das
Auge zu blicken. Seine gesunde Natur, der alle
weichliche Empfindelei fremd war, stand ihm bei in
dem Kampfe, den er siegreich hinausführte. In Thaten wollte er den Kranz suchen, wodurch er das Andenken seiner Eltern besser ehrte, als durch ein krank-
haftes Brüten über ihren — und noch einen andern
schmerzlichen Verlust.

Frau Kettilmund war unterdessen zu ihrem
Gaste zurückgekehrt, der schweigsam und ernst am
Herdfeuer im Erdgeschosse der Burg saß. Sie kam,
noch ganz aufgeregt vom Weinen und vom Aerger,
zu ihm und sagte, sich neben ihm niederlassend:

„Hier wird es anders werden, Vater Ambjörn.
Denkt an mich, dieser stolze Jungherr wird andere

Wege gehen, als sein Vater und seine fromme Mutter vor ihm, welche getreue Diener nicht an der
Schwelle abfertigten."

„Er ist herein?" fragte der Odalbauer, der seit
gestern auf dem Schlosse angekommen war, und mit
Frau Kettilmund lange insgeheim gesprochen
hatte.

„Habt Ihr geschlafen?" entgegnete die Schaffnerin.
„Das ganze Gesind war ja auf den Beinen!"

„Ist er allein?" fragte Ambjörn Knutson, die
geballte Faust auf das Knie stemmend.

„Er kam ganz allein, in der finstern Nacht," antwortete Frau Kettilmund. „Das ist nicht gut,
das hätte Herr Eilif, sein Vater, nicht gethan. —
Dem Einsamen kommen böse Gedanken."

„Jawohl!" sagte Ambjörn. Beide schwiegen
eine Weile. Das Gesinde ging ab und zu, doch
näherte sich Niemand dem Feuer.

„Ich habe den Axel so lieb gehabt," fing Frau
Kettilmund wieder an. „Er war ein wilder
Junge, aber herzensgut, — die leichtfertige Gesell-
schaft hat ihn verdorben! Ich hätte nicht geglaubt,
daß er sich so gleichgültig über den Tod seiner Mut-
ter benehmen könnte. Nicht ein Wort, nicht eine
Frage! Ein Anderer hätte nicht geruht, die kleinsten
Umstände ihres Todes zu erfahren, was sie gelitten,

was sie gesagt, wie sie eingeschlafen! Es war so sanft, daß es wahrhaftig Muth machte zum Sterben!"

„Wird er den nicht haben?" stieß Ambjörn mit einem seltsam gellenden Tone hervor.

„Behüte uns Gott, Nachbar, was ist Euch?" fragte Frau Kettilmund erschrocken. „Ihr rollt die Augen und sehet ganz schrecklich aus. Was ficht Euch an? Ihr müßt einen Schluck Meth trinken, Ihr seid wahrhaftig krank."

„Bleibt da, Muhme," sagte der Odalbauer. „Mir war ein Funken in's Auge gespritzt, das thut weh. — Wo hat der Junker seine Schlafstelle?"

„Wo er immer schläft," erwiederte die Schaffnerin. „Warum sollte er sie geändert haben? Er wird sich doch nicht vor dem Wiederkommen seiner Mutter fürchten? Dicht am großen Saale schlief sie, daneben er; sie konnten, wenn die Thüre offen stand, zusammen sprechen. Dort ist sie auch gestorben. Ich wußt' es vorher, wie Herr Eilif starb, daß sie den Gram nicht überstehen würde, sie hing zu sehr an ihrem Herrn; sie konnte nicht leben ohne ihn, ihr zarter Körper war für das Leid zu schwach. Neun Tage trug sie's; am zehnten folgte sie ihm."

„Es ist wohl schon sehr spät?" fragte Ambjörn, der auf ihre Erzählung nicht mehr gehört hatte.

„Schlafenszeit," versicherte Frau Kettilmund.

„Ihr wollt nicht anders, als hier zur Ruh gehen, so werde ich die Leute hinausjagen."

Sie gebot den noch Anwesenden, ihre Schlafstätten zu suchen, zählte dann ihre rasselnden Schlüssel, und wollte, dem Gaste gute Nacht wünschend, die Küche verlassen. Ambjörn rief sie noch einmal zurück.

„Ihr wißt, gute Frau Kettilmund, warum ich hergekommen bin," sagte er mit großer Unruhe. — „Ihr könnt es einem Vater nicht verdenken. Das Blut meines Sohnes, das Elend meiner armen Tochter schreit um Rache, was kann ich alter Mann thun? Morgen falle ich vielleicht um, und habe nichts ausgerichtet."

„Ach Gott, Ihr thut mir leid, und die arme liebe Thora noch mehr!" erwiederte Frau Kettilmund, sich die Augen wischend. — „Aber schlagt's Euch aus dem Sinne, es ist nun einmal doch nichts zu machen!"

„Ihr wißt also von gar nichts?" fragte der Odalbauer, seine Augen starr auf die ängstliche Frau geheftet.

„Ich hab's Euch ja schon gestern und heut zu vielen Malen gesagt," antwortete sie.

„Seht, ich hätte die Thora nicht schonen sollen," fuhr der Alte fort. — „Ich hätte ihr sollen das Leben nehmen. Aber es ist doch einmal mein Fleisch und Blut. Dann ist der Schwur! — Von ihr kann ich nichts erfahren; so dacht' ich von Euch, da Ihr doch gewiß nicht geschworen habt, zu Allem stille zu sein."

„Nein, Gottlob! das hab' ich nicht!" — rief die Kettilmund. — „Da kämen sie mir schön. Meine Zunge muß ich frei haben."

„So!" versetzte Ambjörn. „Also Ihr wißt doch um die Geschichte, und wollt mir nur nichts sagen?"

„Und wenn ich etwas wüßte," sagte sie, „würd' ich auch wirklich nichts ausplaudern. Sollt' ich Blutvergießen fördern?" .

„Ha!" rief der Alte aufstehend. „Und wenn ich Euch nun packte und zwänge, mir Alles zu sagen? Ihr wißt den Schelm, Ihr wißt ihn, sagt den Mann heraus oder es ist Euer Unglück!"

Sie wich um den Tisch vor ihm aus, und erwiederte herzhaft: „Seid doch nicht verrückt, Vater Ambjörn. Was soll ich wissen? Mich haben sie nicht zum Beisitzer genommen. Und wenn ich meine Gedanken habe, so sind sie für mich, und ich muß doch meine guten Gründe haben, sie Euch nicht aufzubinden. — Also legt Euch auf's Ohr, und sagt Euer Nachtgebet, daß Euch die blutgierigen Gelüste vergehen. Ich fürchte mich nicht vor Euch; schlaft wohl."

„Gute Gründe?" rief ihr der Odalbauer nach. — „Gewiß sehr gute Gründe!"

Die Schaffnerin nickte ihm noch in der Thüre mit dem Kopfe bejahend zu, und sagte zu sich selbst: „Ich will doch sehen, ob er mich dazu bringen soll. Nun grade mag er wissen, daß ich Alles kenne, und soll's doch nicht erfahren."

Sobald Ambjörn Knutson allein war, zog er sein Messer und prüfte dessen Spitze. Es war ein unheimliches Bild, den alten Mann mit dem bittern Haß im Antlitz zu sehen, wie er am Feuer stand und mit dem Nagel bedächtig über die Schärfe der Mord= waffe strich, die er bald versuchen wollte. Dann steckte er das Messer wieder in den Leibgurt, und warf sich auf das Strohlager, das ihm Frau Ket= tilmund hatte bereiten lassen. — Das Feuer erlosch allmälig; im Schlosse war es todtenstill.

Zwei Stunden mochten vergangen sein, als Ambjörn plötzlich auffuhr, wie Einer, der schreck= haft erwacht. Er horchte, dann stand er auf, zog die Schuhe aus und verließ die Halle. — Einem Andern wäre es unmöglich gewesen, sich bei todter Nachtzeit in den Gängen des Schlosses zurechtzufin= den; Ambjörn aber hatte in seiner Jugend ein paar

Jahre hier verlebt als Wasserträger, ehe ihm seines Bruders Tod das Odalgut verschaffte. So kannte er alle Winkel genau, und fand sein Ziel im Finstern. — An der Thüre, da er sie endlich ertappt, horchte er lange. Dann griff er dreist an das Schloß, ob es offen sei; es wich seinem vorsichtigen Drucke. Der Odalbauer trat in des Burgherrn Gemach.

Axel betete! Beim schwachen Schein der Kerze, welche auf dem Tische stand, erkannte Ambjörn den Knieenden vor dem Betaltare, der in Andacht versunken sein Kommen nicht bemerkt hatte. Die Lage, in welcher der grimme Mann seinen Feind, denn dafür hielt er den Herrn von Ringstaholm, erblickte, schien entnervend auf ihn zu wirken; er zauderte an der Schwelle, und war unschlüssig, ob er nicht heimlich gehen sollte, wie er gekommen war. So hatte er ihn nicht zu finden vermeint!

Da erhob sich Axel, und wie er sich langsam wandte, sah er den fremden Gast, der jetzt mit auflebendem Troße ohne ein Wort zu sagen auf ihn zuschritt.

„Wer seid Ihr? Was wollt Ihr zur Nacht in meinem Zimmer?" fragte Axel verwundert, aber ruhig.

„Kennt Ihr Thora Ambjörnstochter?" rief

der Bauer mit drohender Stimme. „Kennt Ihr Sten Ambjörnsson?"

„Thora? Was meint Ihr damit?" fragte Arel betroffen. „Was soll das mir?"

Des Greises Stirnadern waren mächtig geschwollen, — er zückte sein Messer und schwang es wild in die Luft.

„Gut, daß Du gebetet hast, Ribing!" schrie er. „Bekenne Deine Schuld, denn Deine letzte Stunde ist gekommen!"

„Wahnsinniger!" rief Arel, nach dem nächsten Sessel greifend als Wehr. „Ich habe mit Dir nichts zu schaffen."

„Nichts? Nichts?" schrie der Bauer. „Ich bin Thora's Vater, bin Sten's Vater! Du hast mir die Kinder gemordet!"

Arel stieß ihn zurück, da er auf ihn eindrang.

„Bei des Heilands Blut, ich habe keine Schuld!" rief er in gerechter Entrüstung. — „Laß ab, oder ich vergesse, daß Du ein alter Mann bist!"

„Nimm ein Messer zum ehrlichen Kampf!" schnaubte Ambjörn. „Gott mag zwischen uns entscheiden!"

„Ich schwöre Dir, Du hast Unrecht," rief Arel. — „Ich kenne Dein Kind, aber wenn sie mich verleumdet, so thut sie eine schwere Sünde. Willst

Du einen stärkern Schwur, als ich ihn schon gethan habe?"

Der Bauer athmete tief. „Haſt Du die Sünde auf Deinem Gewiſſen," ſchrie er, „ſo wird Dir ein falſcher Schwur Nichts ſein. — Nimm Dein Meſ= ſer; Gott wird den Schuldigen ſchon finden!"

Da faßte Axel, ehe ſich Ambjörn deſſen verſah, den bewehrten Arm des Bauern, entrang ihm das Meſſer, und warf es weit von ſich. Wüthend um= ſtrickte Ambjörn den Leib des Junkers mit ſeinen Armen; es gab ein kurzes, heftiges Ringen, aber die Jugendkraft ſiegte, und der Odalbauer wurde zu Bo= den geworfen.

„Schäme Dich, alter Mann," ſagte Axel, von ihm ablaſſend. „Mit Deinem weißen Haar ſo ſchlechte Gedanken! — Zur Nachtzeit auf Mord aus= zugehen! Sei zufrieden, daß Dein Vorhaben ver= eitelt iſt, Du wärſt ein Mörder von Unſchuldigen. — Gott hat auch nach Deiner Meinung ent= ſchieden."

Ambjörn raffte ſich auf und murrte dumpf: „Es muß wohl ſo ſein. Aber Mord hatte ich nicht im Sinne, nur ehrlichen Kampf. Ihr ſeid nicht der Mann, und doch —!" Er verſtummte vor ſeinem bittern Groll und Schmerz.

„Wie haſt Du auf mich den Verdacht geworfen?"

fragte Axel. — „Du bist mir schuldig, das zu bekennen."

„Wozu?" entgegnete der Odalbauer. „Meine Thora wird dadurch nicht wieder ehrlich, mein Sten nicht lebendig."

„Dein Sohn? Was ist mit ihm?" fragte Axel. „Ich kenne sein Schicksal nicht."

„Ihr kennt es nicht!" wiederholte Ambjörn. „Es ist gut so. Führt Ihr noch immer ein Schwert mit einem Ring auf der Klinge eingeschmiedet?"

„Wie kommt Ihr darauf?" fragte Axel. — „Ich habe ein solches Schwert gehabt, aber längst verschenkt."

„Verschenkt? An wen?" rief der Odalbauer hastig, indem seine ganze riesige Gestalt erbebte.

„An meinen Vetter Bengt Algotsson; aber was kümmert es Dich?" entgegnete Axel, der immer mehr in dem Gedanken bestärkt wurde, des alten Mannes Hirn sei verwirrt, so wild schweiften seine Fragen umher.

„Bengt Algotsson!" schrie der Odalbauer mit schrecklicher Freude, kehrte sich um und entsprang.

8.

Der Winter zu Anfang des Jahres 1357 war
einer der heftigsten und strengsten, welche der Norden
je gekannt hat. Aber er hinderte den offenen Aus-
bruch des Bürgerkrieges nicht. Der junge König,
wie sich Erich nannte, hatte ein Manifest erlassen,
durch welches er seinen Schritt rechtfertigte, und den
Herzog Bengt als Vaterlandsverräther bezeichnete,
zugleich das Urtheil sprechend, daß er das Land mei-
den solle. Wider ihn allein hob Erich den Schild.
Aber sein Vater, der König, ließ sich durch seine Gemahlin und durch die Thränen von Bengt's Mutter,
welche noch lebte, bewegen, seinem Günstlinge mit
aller Macht beizustehen, und so entbrannte der Krieg
zwischen Vater und Sohn. Des letztern Partei im
Lande war nicht gering, weil Bengt gar viel Feinde
hatte; mehrere Reichsräthe, sogar die Geistlichkeit des
Lundischen Stiftes, verband sich mit ihm, und halfen
ihm manchen Vortheil erringen. Noch ehe der Früh-
ling kam, hatte Erich das Schloß Falkenberg in
Halland, das erste Geschenk, welches Bengt Algotsson von seinem königlichen Herrn erhalten hatte,
genommen, und von Grund aus zerstört. Endlich
vermittelten Herzog Albrecht von Meklenburg und
Graf Adolf von Holstein als Verwandte einen Ver-

gleich, nach welchem der verhaßte Bengt aus Schwe-
ben und Norwegen verbannt, das Reich aber zwischen
Vater und Sohn getheilt werden solle. Das geschah
im Graubrüder-Kloster zu Jönköping.

Beide Könige trennten sich in Freundschaft; Magnus ging nach Norwegen, um von dort mit dem
Dänenkönige wegen einer Heirat seines jüngern
Sohnes Hakon mit dessen später so berühmten Tochter Margaretha zu unterhandeln. Erich that eine
Reise nach Finnland, was zu seinem Landestheile geschlagen war, und von seiner Anwesenheit viele Gna-
denbeweise davontrug. Aber bald riefen ihn die bösen
Nachrichten, welche aus Schweden über das Meer zu
ihm gelangten, zurück. Der schlaue Dänenkönig, der
stets auf Gelegenheit lauerte, die Provinzen am Sunde
an sich zu bringen, that Alles, den Vergleich zwischen
Vater und Sohn zu zerreißen, wobei er in der Königin Blanca eine eifrige Bundesgenossin fand. Die
stolze Frau war von ihrem Sohne so tief gekränkt
worden, daß, wenn auch ihr Herz in verschwiegener
Brust noch für ihn sprach, sie doch äußerlich diese
Regung, welche sie Schwäche schalt, vor Aller Augen
verhüllte. „Ich habe dies unnatürliche Verhältniß nicht
herbeigeführt!" sagte sie. „Der Frevler hat das Band
zwischen uns sündlich zerrissen; mag er nun zusehen,
welche Frucht es ihm tragen wird!" — Es fanden

sich nur zu bereitwillige Ohrenbläser, welche dem jungen Könige diese Rede seiner Mutter hinterbrachten. Sie schien eine Drohung zu enthalten, und Erich gedachte ihrer auf seinem Sterbebette! — —

Bengt Algotsson hatte Schweden nicht verlassen, sondern kühn sein eigenes Banner mit dem schwarzen Greifenkopf im goldenen Felde entfaltet, welches noch von mancher Feste in Schonen und Halland wehte. Dem Könige war der Artikel des Vertrages, welcher Bengt's Verbannung aussprach, von mehreren Seiten leid gemacht worden; er hatte nichts gethan, ihn zu vollziehen, sondern warb im Gegentheil heimlich deutsche Truppen, in keiner andern Absicht, als den Herzog von Schonen kräftig zu unterstützen, wozu ihn der Dänenkönig Waldemar auf alle Weise reizte. Ein königlicher Bote, Bo Falk mit Namen, welcher aus Dänemark zurückkam, war Erich's Getreuen in die Hände gefallen, und die Briefe, welche man bei ihm fand, hatten Alles verrathen.

Da griff König Erich von Neuem zum Schwerte, und der Krieg, der kaum geendigt war, entbrannte mit verdoppelter Wuth. — Ein schwacher Versuch wurde nochmals zur Versöhnung gemacht, aber König Magnus blieb in den Händen Derer, die seinem Sohne übel wollten, und gab sich zu mancher Arglist her,

deren Entdeckung den wilden Sohn nur noch mehr
reizte. Dieser war überall Sieger, die Meeresfeste
Warberg wurde Bengt entrissen, er selbst von einer
Burg zur andern gejagt, bis er nicht mehr hatte, wo
er sein Haupt hinlegen konnte, und nun verfehmt
und geächtet, von den Seinigen im Unglück verlassen,
bei seinem Vetter auf Ringstaholm eine heimliche
Zuflucht suchte, wo er den Sturm vorüberbrausen
lassen, und dann über das Meer entkommen konnte.
Es war an einem regnerischen Abende, als er das
Ufer des Motalastromes erreichte. Sein Pferd keuchte
mit schlagenden Flanken vor großer Ermüdung;
Bengt selbst fühlte sich krank und ermattet. Mit
sehnsüchtigen Blicken begrüßte er die Burg auf der
Insel, wo er Schutz zu finden hoffte, er machte sich
bemerklich, aber noch ehe er von drüben Bescheid erhielt, hatte ihm schon ein Fischer, der mit seinem
Kahne vorüberfuhr, die Schreckensbotschaft verkündet: Axel Eilifsson war schon seit zwei Jahren
im Auslande. Umsonst, daß er sich als einen Vetter
des Burgherrn, daß er sogar, jede Gefahr verachtend,
seinen Namen zu erkennen gab, und um Aufnahme
bat: der Schloßvogt verweigerte sie mit Hartnäckigkeit, und dem Geächteten blieb nichts übrig, als strom-
auf zu reiten, um einen Uebergang nach Norden zu
suchen. Er hatte einen schnellen, verzweifelten Ent-

schluß gefaßt. Grade in das Herz des Landes wollte
er sich bergen. Stockholm war jetzt sein Ziel. —
Dort suchte ihn Niemand, dort fand er vielleicht Ge=
legenheit, zu dem Hoflager seines Gönners, des Kö=
nigs Magnus, zu kommen, wo er wenigstens für
sein Leben nichts zu fürchten hatte. Stockholm war
zwar in den Händen seines Feindes, aber selbst im
schlimmsten Falle durfte er hoffen, eine Freistatt im
Hause des Truchsesses Ulf Amundsson zu finden,
wohin es ihn vor Allem mächtig zog. — Er hatte
Erika, seine Braut, seit dem Tage nicht wieder ge=
sehen, wo er ihr den Ring zur Verlobung an den
Finger steckte. Der Krieg hatte ihn nach Süden ge=
rufen, wo er sein Schonen und Halland, seine eigenen
Besitzungen am Sunde gegen den Feind zu verthei=
digen hatte. Dann war Stockholm in der Gewalt
König Erich's gefallen, und für ihn ein verbotenes
Land. Wie schlug sein Herz, wenn er jetzt an die
Möglichkeit dachte, Erika wieder zu sehen, obwohl
er kaum hoffen durfte, daß der Truchseß unter den
waltenden Umständen die Verbindung zugeben würde.
„Indeß, wer weiß!" dachte Bengt mit seinem ge=
wöhnlichen Leichtsinn. „Der Truchseß ist nicht da=
heim, sondern bei der Person des Königs Magnus.
— Ich habe ein unbezweifeltes Recht an Erika's
Hand; sie ist mir verlobt. Hoffentlich hat sie mir

ihre Liebe bewahrt, deffen kann ich wohl gewiß fein. Also wird fie fich mir nicht verfagen, und mit der ftillen Frau Katharina wollen wir Beide fchon fertig werden. Die Geiftlichen find dem Erich nicht mehr fo gewogen, feit er Hand an den Erzbischof von Lund gelegt, ihn in der Kirche mit dem heiligen Ge- fäß in der Hand zu verhaften. Es findet fich leicht ein Priefter, der uns traut — dann leb' ich der won- nigen Gegenwart und harre, bis mein Stern wieder aufgeht. Frifch vorwärts!"

Er fpornte fein Pferd, das aber wenig mehr ge- eignet war, feinem Wunfche nachzukommen. Das abgetriebene Thier vermochte nicht zu traben, es fchleppte fich in einem matten Schritte dahin, ertrug die Mißhandlungen feines Reiters mit ftummer Er- gebung, und fant endlich, kraftlos weiter zu gehen, unter ihm zu Boden. Bengt Algotsson befreite fich aus den Bügeln, und ftand nun, feinem Gefchick fluchend, bei einbrechender Nacht obdachlos am öden Ufer des Stromes, deffen Wogen tief unten vorüber- raufchten. Wie ganz anders, in Fülle der Macht und des Glanzes hatte er den Motala zuletzt über- fchritten!

Er wanderte weiter, nachdem er fich mit dem Un- entbehrlichften vom Gepäck, was fein Pferd trug, be- laden hatte. Sein Plan war, in dem nächften Dorfe

zu übernachten, und ein anderes Thier zu kaufen, da
er mit Gold noch reich versehen war. An die Feinde,
welche seiner Spur folgten, vor denen er erst heut
früh mit genauer Noth entkommen war, dachte er nicht
mehr; eine bestandene Gefahr war für ihn stets nicht
mehr vorhanden, die Vergangenheit kümmerte den
Leichtsinnigen überhaupt wenig. Aber es sollte nicht
viel Zeit vergehen, bis sie sich ihm furchtbar geltend
machte.

Ein lichter Schein, den er nach kurzer Wanderung
entdeckte, zog seinen Schritt an. Er sah von fern,
daß es ein Feuer war, an welchem sich mehrere dunkle
Gestalten bewegten. Ohne sich zu besinnen, schritt er
darauf zu; sein rasselnder Gang, denn er war in
voller Bewaffnung, machte die Leute am Feuer aufmerksam, sie schrieen ihn an, und ein paar kamen
ihm entgegen. Jetzt erst fiel ihm ein, die Helmzier,
welche ihn verrathen konnte, herunterzureißen, als er
aber beim Scheine des Feuers die Abzeichen der Krieger erkannte, die ihn begrüßten, sah er mit Schrecken,
daß sie zu König Erich's Partei gehörten, und die
Geistesgegenwart, sich ihnen unbefangen entgegen zu
stellen, verließ ihn. — Er wandte sich kurz zur Flucht.
Als die Krieger das sahen, sprangen Alle mit wildem
Geschrei auf, ihn zu verfolgen, obschon sie keine Ah-
nung hatten, welchen Fang, von ihrem Kriegsherrn

mit Gold aufzuwiegen, sie thun konnten. — Eine
wilde stürmische Jagd! Der Geächtete hatte Alles
von sich geworfen, was seinen Lauf hindern mochte,
seine Gewandtheit, seine Schnelligkeit vergrößerte den
Vorsprung immer mehr, den er von Anfang an gehabt, Einer nach dem Andern ließ athemlos ab, ihn
zu verfolgen, endlich blieb auch der Letzte verzwei-
felnd ihn einzuholen stehen, und hörte mit Ingrimm,
wie der Waffenklang des Flüchtigen in der Ferne
verhallte. An dem Gepäck, das sie auf dem Erd-
boden fanden, gewannen sie zwar einigen Ersatz, denn
es enthielt manche Kostbarkeit, aber eben deßhalb be-
klagten sie nur um so mehr, daß ihnen der Eigner,
von dem sie gewiß ein reiches Lösegeld erpreßt hätten,
entkommen war.

Bengt, da er sich unverfolgt sah, warf sich er-
schöpft auf den Rasengrund unter Bäumen am Eingang eines Gehölzes. Er konnte nicht weiter. Mit
einer dumpfen Resignation blieb er die Nacht über
liegen, als aber der Morgen graute, stand er auf,
that die Panzerstücke ab, deren Schnallen er ohne
Hülfe lösen konnte, und warf sie von sich. Leichter,
aber in einem seltsam nur halb passenden Aufzuge
setzte er seine Wanderung fort. In das Freie traute
er sich vorerst nicht; er konnte annehmen, daß die
Feinde wachsam nach ihm streifen würden, so ver-

folgte er ben Saum beß Walbeß, ber sich westwärts
zog, um auf einem weitern Umwege wieber an den
Motalaström zu gelangen. Aber ber Walb bog sich
immer weiter zurück, unb vielleicht zu Bengt's Heil,
benn ein Bauer, ber ihm gegen Abenb aufstieß, ver-
fünbete ihm, baß eine starke Macht am Ufer gelagert
sei, und so viel er wisse, alle Uebergänge besetzt halte,
auch bie Kähne ber Fischer, so viel beren sich gezeigt,
angehalten habe. Bengt sah barauß, baß eß ba-
rauf angelegt sei, ihm ben Paß zu versperren. Er
mußte sich baher zu einem anbern Plane entschließen.

„Willst Du mich ein paar Tage beherbergen?"
fragte er ben jungen Kerl, welcher mit Verwun-
berung auf beß Ritterß reichaußgelegten Helm
starrte.

„Ich bin nur ein Knecht," sagte ber Bauer.

„So bringe mich zu Deinem Herrn," entgegnete
Bengt. — „Er soll reich belohnt werben. Nur ein
paar Tage Obbach und Nahrung brauche ich, unb
bann ein Pferb, baß ich kaufe, eß mag so theuer sein,
alß eß will. Habt Ihr Pferbe?"

„O ja," sagte ber Knecht. „Nun wenn Ihr wollt,
so kommt nur mit. Der Obalmann wirb'ß vielleicht
thun."

„Ist Dein Dorf noch weit?" fragte Bengt.

„Eß ist kein Dorf, nur ein Freihof," erwieberte

der Knecht. „Wir kommen heut nicht mehr hin, erst morgen Abend. Zur Nacht müssen wir schon im Walde bleiben, — aber auch bei guten Leuten."

Den Ritter langweilte es, weiter zu sprechen. Beide schritten stumm nebeneinander her, bis sie zu einer Hütte gelangten, wo ihnen ein paar verdächtig blickende Gesichter entgegen traten. — Der Knecht verständigte sich aber schnell mit ihnen, und der Waldbauer, der nun auch herauskam, sagte: „So kommt nur herein; es ist schon ein Gast drinnen."

Das war ein Mönch, welcher sich beim Eintritte des Gewaffneten neugierig erhob. — Bengt grüßte ihn kurz, und warf sich dann auf die Bank, indem er die Wirthsleute anwies, ihm schnell ein Lager zu bereiten.

Der Mönch hatte ihn lange aufmerksam betrachtet; als aber Bengt seinen Helm abnahm, und das Feuer des Herdes seine schönen Züge beleuchtete, stieß der Beobachter einen Laut der Verwunderung aus, und rief: „Das ist der dux Benedictus, vulgo Bengt Algotsson!"

Der Name machte einen großen Eindruck auf den Wirth. — Er starrte seinen ritterlichen Gast an, als wolle er ihn mit den Augen durchbohren, dieser aber sagte verdrießlich zu dem Mönche: „Wenn Ihr mich erkennt, frommer Vater, so behaltet es für Euch, und posaunt es nicht in alle Welt. Wo habt Ihr mich gesehen?"

„Ei wer wollte Euch nicht kennen!" entgegnete der Mönch. — „Es sind ein paar Jahre her, als Ihr unser heiliges Kloster heimsuchtet als Geleits= mann zweier Frauen, die auf einer frommen Pilger= fahrt begriffen waren. Damals hatte sich just der Mord zugetragen von Ambjörnsson Sten, der noch immer nicht an den Tag gekommen ist — Ihr nahmt viel Theil daran —."

„Ich?!" fuhr Bengt auf.

„Oder die Frauen!" entgegnete der Mönch. — „Später hab' ich Euch wiedergesehen, da Ihr Euern herzoglichen Einzug —

„Schweigt, guter Vater!" unterbrach ihn der ge= ächtete Herzog. — „Diese Zeiten sind vorbei. Meine Feinde haben die Oberhand gewonnen, aber nicht für immer. — Wenn Ihr mich zum dritten Male wieder seht, dann werde ich von Neuem in Purpur sein, und am Throne stehen all' meiner Ehren genießend! Ihr aber, der es gut mit mir zu meinen scheint, sollt Abt oder Bischof werden, das verspreche ich Euch mit mei= nem herzoglichen Worte."

Der Knecht, welcher ihn hergeführt, und bisher noch draußen mit den verdächtigen Gesellen gesprochen hatte, die ihre Herberge hier zu nehmen pflegten, kam

jetzt in die Stube, und Bengt gab dem Priester einen
bedeutsamen Wink, den dieser wohl verstand. — Der
Wirth aber hatte sich das große Wort, das er ver=
nommen, hinter's Ohr geschrieben, und ging, den
Knecht mit einem mißtrauischen Blicke anschielend,
hinaus, um sich Helfershelfer zu dem, was er vor=
hatte, zu werben. Denn erst heut früh waren zwei
Reiter von König Erich's Kriegsvolke bei ihm ge=
wesen, und hatten nach dem geächteten Herzoge ge=
forscht, sein Aeußeres so genau beschreibend, daß ihn
der Waldbauer, auch ohne den Ausruf des Mönches
erkannt haben würde. — Die Buschklepper draußen
schienen ihm grade die rechten Leute gegen ein billiges
Abkommen den Ritter fangen zu helfen. Hier traf
es sich aber, daß der Knecht, ohne zu wissen, welchen
Dienst er seinem Gefährten erzeigte, bereits vorge=
beugt hatte. Er war mit den Gesellen bekannt, viel=
leicht früher verbunden gewesen, eh' er einen ehrlichen
Dienst bekommen, und da er wußte wie mit ihnen zu
handeln sei, hatte er ihnen grabezu vom Ritter einen Lohn
versprochen, wenn sie ihn gegen ihres Gleichen, deren
noch mehr im Walde lauerten, schützen würden. Die
Buschklepper waren das eingegangen, und hielten an
ihrem Worte, so daß sie nicht nur des Wirthes An=
sinnen zurückwiesen, sondern den Knecht auch damit
bekannt machten. Dieser schimpfte den Waldbauern

tüchtig aus, und legte sich selbst vor die Thüre, um
mit altschwedischer Treue den Mann, dem er einmal
Geleit versprochen hatte, zu bewachen. So schlief
Bengt Algotsson an der Seite des Mönches, ohne
zu ahnen, welcher neuen Gefahr er entgangen war.

Am Morgen gingen Beide weiter, und wanderten
den ganzen Tag auf Wildpfaden, welche nur Einem,
der in diesen Gegenden aufgewachsen war, bekannt
sein konnten. Bengt hatte die beiden verdächtigen
Gesellen wohl bemerkt, wie sie ihn folgten, da ihm
aber sein Begleiter das Abkommen erzählte, das er
in seinem Namen mit ihnen getroffen hatte, war es
ihm ganz recht, und er bekümmerte sich nicht weiter
um sie, eben so wenig um den Menschen, der ihn
führte. Er wußte, daß er für den Augenblick ein
Unterkommen finden würde; mehr brauchte er nicht,
er fragte nicht einmal nach dem Namen des Odal-
bauern, in dessen Diensten der Knecht stand, in dessen
Hof er selbst sein Asyl erwartete. Wenn das Letztere
nur der Fall war, so galt es ihm sehr gleich, wer
ihn aufnahm. Er hatte mehr zu denken; sein Geist
überflog die Gegenwart und sonnte sich, wie ein
leichtsinniger Schmetterling, in dem Glanze, den ihm
die Zukunft zu verheißen schien, wenn seine Wag-
schale wieder sinken würde, die seiner Feinde hoch in
die Luft schnellend.

Der Abend brach ein, als sie des Waldes Grenze
erreichten. Sie hatten ihn nicht in seiner ganzen
Ausdehnung, sondern nur einen Abschnitt desselben
durchwandert. Vor ihnen lag in der Beleuchtung
der niedergehenden Sonne eine weite Flur mit grünen wogenden Halmen, und die Luft war mit dem
feinen Arom durchduftet, welches zur Zeit der Korn-
blüthe dem Landmann so erfreulich ist. Aber noch
zeigte sich kein Dorf, kein Haus. Der junge Bauer
streckte nun den Arm nach der Richtung aus, in welcher seines Brotherrn Odalhof liegen sollte, und
wunderte sich, daß die beschwerliche Wanderung sie
so lange im Walde aufgehalten; er habe geglaubt,
noch vor Sonnenuntergang das Haus zu erreichen,
jetzt könnten leicht noch zwei Stunden bis dahin vergehen. Während sie darüber sprachen, traten die
beiden Buschklepper hervor und forderten ihren Lohn
für das sichere Geleit, das sie ihnen gegeben. Bengt
lachte, und warf ihnen ungezählt einiges Geld zu,
das sie auflasen und gewissenhaft theilten. — „Ihr
kennt uns wohl gar nicht mehr wieder, Herr Herzog?“
frug der Eine dann.

„Hab ich Dir vielleicht einmal den Galgen erlassen?“ entgegnete Bengt. „Ich pflegte es sonst
nicht mit solchem Gelichter zu thun.“

„O nein, gnädiger Herr!“ versetzte der Kerl pfiffig.

„Es war bei einer andern Gelegenheit, nicht gar zu weit von hier, unter einer hübschen Buche, wo zwei Quellen springen. Wir sahen zu, Ihr hattet einen kleinen Spaß vor."

„Hund!" fuhr der Herzog auf. „Was erfrechst Du Dich zu sagen?"

„Nun, nun!" sprach der Buschklepper. „Ich sage ja nichts weiter, wollte nur wissen, ob Ihr Euch auf uns besinnen könnt." Er rückte seine Kappe ein wenig, und verschwand mit seinem Genossen im Dickicht.

Bengt Algotsson herrschte unmuthig dem Knecht zu, ihn weiter zu führen. Sie folgten den Rainen, welche zwischen den Kornfeldern dahin liefen; die Dämmerung wurde immer tiefer, das Abendroth erlosch bis auf den letzten Streifen, der schrille Ruf der Brachvögel klang fern und nah, wie Räubersignal, und machte den geächteten Herzog, dessen Ungeduld durch das Phlegma seines Führers noch erhöht wurde, mehr als einmal stutzen.

Endlich standen sie unvermuthet, denn die Dunkelheit erlaubte kaum die nächsten Gegenstände zu erkennen — vor einer Hecke, und drüben dunkelten die scharfen Umrisse von Gebäuden. Erst jetzt fühlte Bengt die Besorgniß, ob ihn der Odalmann auch aufnehmen würde. Sein Blut regte sich schneller

und drang zum Herzen, daß er eine Beklemmung
hatte, wie er sie in schlimmern Lagen nicht gefühlt.
War es das Bewußtsein der Erniedrigung, vor eines
Bauern Thüre als Hülfsbedürftiger zu stehen? —
Der Knecht war über die Hecke gesprungen, um seinen Brotherrn zu benachrichtigen. Bengt wartete
nicht lange, so erschien drüben mit dem Ankündiger
eine zweite dunkle Gestalt.

„Kommt nur herein, lieber Herr,“ tönte eine
tiefe starke Stimme. „Bei mir sollt Ihr sicher sein,
wer Ihr auch seid. Ich habe selber genug Unglück
gehabt, und weiß wie's thut. Steigt nur über.“

„Ihr versprecht mir also eine sichere Freistatt auf
einige Zeit?“ fragte Bengt Algotsson.

„So lange Ihr wollt,“ erwiederte der Odalbauer.
„Ich habe noch keinen von meiner Thür geschickt.
Bei mir soll Euch Niemand ein Haar krümmen —
hier meine Hand darauf!“ — Er reichte ihm seine
harte Faust über die Hecke, und half Bengt diese
zu übersteigen. Dann ging er voran, dem Hof-
thore zu. Bengt folgte mit unangenehmer Em-
pfindung.

Eine Magd kam ihnen jetzt mit einer Kienfackel
entgegen, und der Geächtete konnte seinen Wirth in
Augenschein nehmen, wie auch dieser ihn mit großer
Aufmerksamkeit betrachtete. Bengt hatte im Leben

noch keinen Bauern seiner Beachtung gewürdigt. Er
fand auch an diesem nichts Besonderes, es war ein
großer alter Mann mit weißem Haar und Bart.
Aber er selbst, dessen ritterliche Schönheit Jedem auf=
fallen mußte, blieb für den Odalmann ein Gegen=
stand der Verwunderung, und kopfschüttelnd forderte
ihn dieser endlich auf, in das Haus zu treten.

Die schwedischen Freihöfe sehen sich gleich. Bengt
war in Manchem gewesen; er erblickte nichts, was
ihm hätte auffallen können. — Im Flur nahm er
den Helm ab, und mußte sich noch bücken, um durch
die niedrige Thüre in die Stube zu treten, wo ein
helles lustiges Feuer flackerte. Kaum hatte er sich
aber drinnen in voller Beleuchtung aufgerichtet, als
ein lauter Schrei, gellend wie vor Todesangst an sein
Ohr schlug: ein junges Weib, das am Feuer gesessen,
sprang auf, hob beide Arme wie abwehrend empor,
und wollte dann fliehen. Da trat ihr der Greis, ihr
Vater, in den Weg: „Thora, was hast Du?“ rief
er. Halb sinnlos stürzte sie zu seinen Füßen.

„O schone ihn, schone ihn!“ bat sie mit herzzer=
reißenden Tönen, die Hände ringend.

Bengt stand wie vom Blitze getroffen, in aller
Rathlosigkeit des bösen Gewissens. Furchtbar tagte
es vor ihm: er war bei Ambjörn Knutson! —
Der Odalbauer hatte seine Tochter mit starker Faust

emporgeriſſen: „Wen?!" ſchrie er mit gewaltiger
Stimme. „Iſt der es?" — Und ſeine Linke faßte
des Ritters Arm, der ſich ſeiner nicht zu erwehren
vermochte. — „Bengt Algotsſon?" ſchrie er. —
„Biſt Du Bengt Algotsſon?" —
„Ich bins!" ſtammelte der Geächtete, ſich gewalt=
ſam faſſend. — „Wollt Ihr Euer Wort brechen?
Was hab' ich Euch gethan?" —
„Fragſt Du? Fragſt Du?" ſchrie Ambjörn.
„Steht hier nicht die Dirne, Dich anzuklagen?
Schreit nicht meines Sohnes Blut, das Du vergoſ=
ſen haſt, um Rache? Nun biſt Du mein, und ſollſt
mir nicht mehr entgehen!" — Er ließ ihn los, und
ging nach der Thüre.
„Du lügſt!" rief Bengt. „Und Jeder lügt, der
Dir das Alles geſagt hat! — Ich habe Deinen
Handſchlag zur Sicherheit, willſt Du ihn brechen?
Um der Lüge einer elenden Dirne willen, die ihre
Schuld zu beſchönigen ſucht?"
Thora bedeckte ihr Geſicht mit beiden Händen,
der Vater aber kehrte ſich plötzlich um, und maß den
Ritter mit einem großen ſchrecklichen Blick.
„Wohl, Herr Herzog!" ſagte er dann grimmig.
„Ihr habt mein Wort erſchlichen, da ich Euch nicht
kannte, aber Ihr ſollt von Ambjörn Knutſon
nicht ſagen können, daß er ſein Wort gebrochen hat.

Beruhigt Euch, Ihr seid in meinem Hause sicher; ich hab' Euch zugesagt, daß Euch kein Mensch ein Haar krümmen soll — dabei bleibt es. Aber nur auf die Zeit Eures Hierseins! Dann wollen wir weiter sprechen."

Bengt athmete schon wieder leichter und sagte zuversichtlich: „Bis dahin hoffe ich Euch zu über= zeugen, daß der Herzog von Schonen zu hoch steht, um sich zu eines Bauern Tochter herabzulassen. Wenn Ihr also kein besser Zeugniß für Eure uner= hörten Beschuldigungen, die ich, wäret Ihr meines Gleichen, mit dem Schwerte rächen würde, vorbrin= gen könnt, als die wahnsinnige Rede dieser Dirne, so geht in Euch und leistet mir Abbitte."

„Ich habe nichts gesagt, kein Wort wider Euch!" rief Thora schluchzend.

„Das bezeug' ich!" erwiederte Ambjörn, dem Ritter dicht unter die Augen tretend. „Ihr habt des armen Dinges Mund durch einen sündlichen Schwur versiegelt, und es sei ferne von mir, zu verlangen, daß sie ihn brechen soll. — Kennt Ihr dies Schwert?" Er eilte nach der Ecke des Gemachs und brachte eine ritterliche Waffe zum Vorschein, ohne Scheide, ziem= lich verrostet oder doch von großen dunkeln Flecken erblindet. Die Augen des Greises flammten in er=

neutem Grimme, als er die verhängnißvollen Flecken
betrachtete.

„Ich sollte es kennen," sagte Bengt Algotsson mit zuckenden Lippen, aber die Wichtigkeit des
Moments wohl begreifend. „Dieser Ring in den
Wappenschnörkeln — wie kommt Ihr dazu? Es gehört meinem Vetter von Ringstaholm."

„Recht so, recht!" schrie der Odalbauer. „Und
er hat es Euch geschenkt, obgleich nicht zum Morden!
Und Ihr habt meinen Sten damit erschlagen, nahe
beim Kloster in Kolmorden, und habt es dort gelas-
sen, da Ihr verscheucht wurdet durch Menschen?"

„Mein Gott, welche unsinnige Reden!" rief
Bengt, unbedenklich nach dem einzigen Auswege
greifend, der sich ihm bot. „Das Alles mag wahr
sein, nur ich bin nicht der Thäter; das Schwert ge-
hörte meinem Vetter von Ringstaholm, er hat es mir
nie geschenkt, — und es fängt mir an Alles begreif-
lich zu werden! Nehmt nur Vernunft an, und seid
nicht wie ein wilder Stier! War das Mädchen nicht
auf Ringstaholm? Nun ich sie recht in's Auge fasse,
dünkt mich, daß ich sie dort ein paar Mal gesehen
habe. Sage, Kind, warst Du auf Ringstaholm?"

Thora hatte nur einen Blick der unaussprech-
lichsten Verachtung zur Antwort. Sie wandte sich
dann von ihm und ging in die Kammer, wo sie sich

über das Bett ihres Kindes warf, denn das Herz
wollte ihr brechen.

„Seht Ihr, sie schämt sich!" fuhr Bengt fort.
„Ei, alter Freund, Ihr müßt vernünftig mit Euch
sprechen lassen. Ihr fahrt schon wieder auf, wie ein
Hengst, von Bremsen gestochen. Seht, ich erinnere
mich, daß mein Vetter mit dem hübschen Dirnchen
geneckt wurde — warum sucht Ihr nun in mir Euern
Mann?"

Der Odalbauer sah ihn mit bitterm Groll an
und sprach: „Ich glaube ein gültig Zeugniß für
Euern Vetter zu haben, das Zeugniß Gottes des
Allmächtigen! Schmach und Weh über Euch, wenn
Ihr die Schuld auf einen Unschuldigen wälzt! Un=
sere Sache wird ausgemacht werden, dafür setze ich
meiner Seele Seligkeit ein! Hier aber soll Euch
nichts geschehen. Nun kommt, daß ich Euch eine
Schlafstelle gebe und einen Bissen zur Nacht."

Bengt folgte ihm widerstrebend, indem er immer
noch mit vielen Worten des Alten vorgefaßte Mei=
nung zu erschüttern, und den Grund derselben, das
Zeugniß, auf das er sich berief, zu erforschen suchte.
Der Odalbauer setzte seinem Redeschwall jedoch ein
trotziges Schweigen entgegen, und schien seinen Ent=
schluß gefaßt zu haben, denn nachdem er den verhaß=
ten Gast eine Lagerstatt hatte bereiten lassen, rief er

ben Knecht, mit welchem Jener gekommen war, und hatte noch ein langes Gespräch mit ihm. Dann begab er sich wieder zu seiner Tochter, welche er in einem Zustande fand, der sein Vaterherz rührte, so sehr er es auch zu versteinern trachtete.

„Komm her, Thora!“ sagte er. Sie schwankte mehr, als sie ging, und wäre vor ihm niedergesunken, wenn er sie nicht in seinen Armen aufgefangen hätte. Die Augen gingen ihm über; er küßte sie auf die Stirn, es war das erste Mal, daß er sie küßte, seit sie von Ringstaholm in ihr Vaterhaus zurückgekehrt war.

„Du brauchst mir nicht zu reden;“ sagte er. „Ich weiß Alles. Du hast Deinen Schwur treulich gehalten, aber Dein Herz verrieth sich doch. Ich sollte ihn schonen, nicht so? — Still, Kind, sage mir nichts, ich weiß Alles. Dieser ist es, Bengt Algotson, der sich den Herzog von Schonen nennt, kein Anderer!“

„O Vater!“ rief Thora —

„Nichts, nichts!“ unterbrach sie der Greis. „Willst Du noch lügen? Schweige lieber ganz! Ehe viel Tage vergehen, wird meine Seele ruhig sein, daß ich in Frieden in die Grube fahren kann!“ —

9.

Der Krieg hatte sich ganz zu König Erich's Gunsten entschieden. Auch die Dänenmacht, welche in Schonen eingebrochen war, hatte vor einem Haufen zusammengerafften Volkes, kaum nothdürftig, Viele mit großen Knütteln bewaffnet, aber angeführt von dem jungen Helden selbst, weichen müssen, und als kein Däne mehr auf schwedischem Boden stand, als Erich sich aller Festen bemeistert hatte und Herzog Bengt, um den man sich schlug, spurlos verschwunden war, da schrieb der trotzige Sieger einen Tag aus, auf welchem er sich mit seinem Vater versöhnen wollte.

Dem Lande that der Friede gar Noth, denn es war auch die Pest wieder ausgebrochen und wüthete besonders in Norwegen, wo ganze Distrikte ausstarben. Eine Sage berichtet, daß im Justethal des Stiftes Bergen nur ein kleines Mädchen übrig geblieben, das in der Einsamkeit, wo es von Wurzeln und Beeren gelebt, wild wie ein Vogel geworden sei. Man habe es daher, als man es später auffand, Ripa (Schneehuhn) genannt, und seine Nachkommen, denn es ward wieder zahm genug, um zu heiraten, führten denselben Namen. — In Schweden hatten sich bis jetzt nur einzelne Fälle der verhee-

renden Krankheit gezeigt, indeſſen da man kein Mittel kannte, ſich ihrer zu erwehren, ſo war ihre weitere
Verbreitung wohl zu befürchten, und Vieler Augen
ſahen mit banger Beſorgniß in die Zukunft.

Die Stände des Reichs, von König Erich be-
rufen, verſammelten ſich alſo mit gar friedlichen Ge-
ſinnungen im November des Jahres 1359 zu Söder-
köping, und auch König Magnus fand ſich ein, be-
reitwillig, den Zwiſt zu begraben und ſeinem Sohne
Verzeihung zu ſchenken. — War er auch der Beſiegte,
ſo wußte er doch, wenn es darauf ankam, ſeine Würde
zu behaupten, und nur der Inhalt der Verträge, die
er eingehen mußte, gab ein Zeugniß, wie die Sachen
ſtanden. — Man kam überein, daß Herzog Bengt,
von dem ein unbeſtimmtes Gerücht behauptete, er ſei
nach Seeland entkommen, nicht wieder den ſchwe-
diſchen oder norwegiſchen Grund betreten ſolle; —
wenn König Magnus geſonnen ſei, ihn für den
Verluſt ſeiner Beſitzungen zu entſchädigen, müſſe es
außerhalb des Reiches geſchehen. Ferner ſollte Alles, was in dieſer Fehde einer oder der andern Partei zum Schaden geſchehen ſei, als vergeſſen erachtet
werden, und diejenigen, welche unbilliger Weiſe um
das Ihrige gekommen, nach dem Ausſpruche von
Schiedsrichtern wieder eingeſetzt werden. — Dieſe
Dokumente wurden von dem Könige Magnus und

seiner Gemahlin, wie auch von dem jungen Könige
Hakon, dem Erben von Norwegen, unterzeichnet.

In vollkommener Freundschaft, mit allen Zeichen
der Versöhnung trennte man sich. Die Königin umarmte ihren Sohn, und lud ihn ein, das Julfest
bei seinen Eltern zu feiern, denen er nur zu lange
entfremdet gewesen. Es war die passendste Ein-
ladung; die heilige Weihnachtszeit, wo die alte Sitte
des Julfestes (die noch in manchen Gegenden des
nördlichen Deutschlands, in Mecklenburg z. B. besteht),
mit großem Aufwand an Geschenken und erfinde-
rischem Spaß aller Art in Ehren gehalten wurde,
konnte die Eltern mit ihrem wiedergewonnenen Kinde
am Ersten neu befreunden. König Erich versprach
zu kommen, und ritt noch ein gutes Stück Weges
zur Begleitung, als sein Vater abreiste: ihm war es
Ernst mit der Versöhnung. Sein Gemüth war
wild und trotzig, wie es nordische Art ist, er ließ sich
von der Leidenschaft oft bis zur Gewaltthat hin-
reißen, aber wenn der Streit ausgefochten war, trug
er keinen Haß nach. In bester Laune kehrte er zu
den Seinigen zurück. Alles war beseitigt, er hatte
gesiegt, und seine harte Seele fühlte keine Reue, daß
er eines der heiligsten Gebote verletzt hatte: er dachte
an seine Eltern so ruhig, als ob Nichts vorgefallen sei.

Da fanden sich aber doch Menschen, welche diese versöhnte Stimmung zu vergiften trachteten. König Magnus hatte durch seine Begünstigungen unwürdiger Hofschranzen gar Viele der Großen beleidigt, und diese vergaben schwer. So traten noch am Abende des Tages, da sich König Erich von seinem Vater getrennt hatte, einige Männer, denen er unbedingt vertraute, zu ihm und warnten ihn, nicht zum Julfeste zu gehen; man wolle ihn nur sicher machen und führe Böses gegen ihn im Schilde. — Diese Warnung fruchtete zwar, wie es zu geschehen pflegt, eben so wenig, als früher manche besser gemeinte, denn der junge Fürst konnte keinen Einspruch in seine Entschlüsse vertragen, aber sie blieb nicht ohne Einfluß auf seine Seele, in welcher sich von Neuem das Mißtrauen regte.

Die Zeit der Weihnacht kam heran. In allen Häusern wurden die süßen, heimlichen Anstalten getroffen, um geliebten Kindern oder Freunden Ueberraschung und Freude zu bereiten. Am Hofe des Königs Magnus aber ging es mit einem Aufwande zu, als gelte es das herrlichste Siegesfest, und die treuen Diener, welche es gut mit ihrem Herrn und dem Lande meinten, schüttelten oftmals die Köpfe über die mißliche Verschwendung, in der sich die Königin Blanca gefiel. — Der Truchseß Ulf

Amundsfon, welcher es wagte, eine Vorstellung dagegen zu äußern, wurde vom Könige mit gut= müthigem Lachen, von der Königin mit beißendem Spotte abgefertigt, und kehrte verdrießlich in sein ei= genes Haus zurück, um sich im Kreise seiner Familie zu erheitern. — „Was hilft es,“ sagte er, „daß Je= ner — dabei heftete er einen mismuthigen Blick auf Erika, welche ernst und schweigend an ihrer Stickerei arbeitete — daß Jener verbannt ist und niemals wiederkehren darf! Neue Aufschößlinge treten an seine Stelle, benutzen die Güte unsers Herrn, der Keinem eine freche Bitte abschlagen kann, und ich sehe ein trauriges Ende voraus.“

Katharina lenkte das Gespräch auf ihre häus= lichen Angelegenheiten, welche viel wohlthuender waren. Die Kinder kamen herein und gewannen dem Vater bald wieder ein Lächeln ab, so daß er sich völlig erheitert von ihnen trennte.

Die beiden Freundinnen waren noch spät Abends allein. — Katharina mußte mit Erika sprechen, sie hatte täglich auf eine Mittheilung ihres Herzens, das sonst so offen vor ihr lag, gehofft, aber ver= gebens; die Jungfrau, welche überhaupt in den letz= ten zwei Jahren eine Andere geworden war, ver= schloß sich in ein Schweigen, das Katharina drückte.

„Meine Erika," begann diese und hielt die Freundin fest, welche nach der Kerze griff, um ihr Zimmer zu suchen, „Du willst meine Bitte nicht verstehen, so muß ich sie offen aussprechen. Vertraue mir, wie sonst."

„Ich fühle Deinen Vorwurf und verdiene ihn," erwiederte Erika seufzend. „Aber was soll ich Dir sagen? In mir ist es wüst, ich könnte Dir doch keine Klarheit geben. Mein Loos hängt von der Zukunft ab."

„Erlaube mir eine Frage," bat Katharina, „aber beantworte sie mir treu und wahr. Liebst Du Bengt Algotsson?"

Erika schwieg eine geraume Weile mit gesenkten Blicken.

„Ich glaube: nein!" sagte sie dann zögernd. „Er hat mich einst geblendet durch seine ritterliche Erscheinung, ich war geschmeichelt von der leiden=schaftlichen Liebe, die er mir weihte — aber nun all' diese oberflächlichen Gefühle verweht sind vor dem Ernste des Lebens, nun finde ich mein Herz eher verletzt als befriedigt, und ich schäme mich, so im Sturme gewonnen zu sein, wie die leichteste Beute."

„O dann ist ja Alles gut!" rief Katharina

froh. „Dann bist Du ja frei. Mein Gemahl, Dein
Oheim, hat nie seine Zustimmung zu Euerm Verlöbniß gegeben, hat es für nichtig erklärt, jede Botschaft zurückgewiesen, welche der stürmische Freier aus
seinem feindlichen Feldlager zu uns schickte — so
bist Du frei, wie sonst, und darfst Dich nicht mehr
betrüben. Wie entzückt mich Dein endlich gewon-
nenes Vertrauen! Siehe, ich war so böse auf
Dich!"

„Ach, meine Katharina, Du beurtheilst mich
falsch," sagte Erika mit einem traurigen Lächeln. —
„Ich bin nicht frei und müßte mich verachten, wollt'
ich das annehmen. Jenes Verlöbniß ist doch geschehen; ich habe ihm nicht widersprochen, ja ich
habe damals in meinem Herzen mich mit Lust als
seine Braut bekannt — ehe der wahrhafte Rausch
verflog! — Meines Oheims Wille kann die Verbindung hemmen, aber mich frei machen nicht. — Katharina, sollt' ich ihm jetzt die Treue brechen, die
ich ihm einst zwar stumm, aber aufrichtig gelobt
habe: jetzt, da er im Unglück ist, geächtet und verbannt? Sollt' ich auch von ihm abfallen, wie die
falschen Freunde, die mit seinem Glücke sich von ihm
wandten? Katharina, so niedrig denkst Du von
Erika Tott nicht!"

„Aber er darf ja nimmer zurückkehren," wandte

Katharina niedergeschlagen ein. — „Laß uns doch einen Ausweg finden, der offen und ehrenwerth zu Deinem Glücke führte: zur Freiheit von diesem Bande, das Dich elend machen muß."

„Es giebt keinen Ausweg," erwiederte Erika. — „Was könnt' ich ihm, ohne vor Scham zu erröthen, zu meiner Entschuldigung sagen?"

„Daß Du ihn nicht liebst!" rief Katharina. „Wird er Deine Hand ohne Dein Herz begehren?"

„Und dies Geständniß, würd' es mich ehren?" entgegnete Erika. — „Nein, nein, Du treue Schwester, lassen wir der Zeit ihren Lauf. — Gott wird am besten wissen, was mir frommt."

Katharina umarmte sie; und Beide brachten noch viele Stunden der Nacht wachend zu, mit ihren Gefühlen beschäftigt.

10.

An der Hofstatt füllte sich die Burg mit Gästen; König Erich mit seiner jungen Gemahlin Beatrix, des Markgrafs Ludwig von Brandenburg Tochter, hielt seinen feierlichen Einzug; er kam mit einem glänzenden Gefolge und zahlreicher Dienerschaft, und wurde von Abgeordneten seines Vaters, die ihm weit entgegengeschickt waren, mit großen Ehren eingeholt.

„Ha, seh' ich Dein Antlitz auch einmal wieder, Ulf Amundsson?" rief Erich dem Truchseß entgegen, der unter den Abgeordneten war.

„Ich bin glücklich, daß es bei dieser schönsten Gelegenheit geschieht!" erwiederte der Truchseß.

„Du wärst mir aber wohl auch rücksichtslos mit geschlossenem Helm und gefälltem Speer begegnet?" lachte der junge König.

„Mein gnädiger Herr, Gott hat mich vor diesem Unglück behütet," erwiederte Ulf Bonde.

„Grade Sprache! Du hättest mich niedergerannt, wenn es sich eben getroffen hätte!" sagte Erich. — „Du bist ein treuer Diener Deines Herrn."

„Das denke ich zu bleiben bis an meinen Tod, und müßte ich, wie mein Vorgänger, dort, verbluten!" erwiederte Ulf und zeigte nach der Richtung, wo auf Normalen der Sandhügel sich hob, auf welchem vor vierzig Jahren der Truchseß Brunke enthauptet worden, weil er versucht hatte, den Thronerben von Schweden, Magnus ältern Bruder, aus den Hän-

den der Rebellen zu befreien, durch welche er später
den Tod fand, wie wir bereits erzählten. Der
Hügel heißt „Brunkeberg" bis auf den heutigen
Tag.

König Erich, den jedes kühne Wort erfreute,
reichte dem Truchseß die Hand und sprach:
„Sollte mir Gott das Leben fristen, bis ich die
ungetheilte Krone von Schweden trage, dann wirst
Du mir Deine Treue vererben!"

Der junge Fürst und seine Gemahlin wurden
von den königlichen Eltern mit der größten Liebe
empfangen; die beiden Paare verkehrten in den
Stunden, welche sie nicht bei den glänzenden Festlich=
keiten zubrachten, fast immer in ungetrennter Vertrau=
lichkeit; auch die beiderseitigen Parteien hatten sich
versöhnt und schienen alle Feindschaft zu vergessen,
selbst die Diener mischten sich, und nur ein Gefühl
belebte die ganze Hofstatt, das Gefühl der Freude. —
Es wurde aber in den niedrigern Kreisen bald ge=
trübt. Ein plötzlicher Todesfall unter bedenklichen
Zeichen, dem mehrere Erkrankungen und zwei andere
Todesfälle am heiligen Weihnachtstage folgten, ver=
breitete Schrecken unter der Dienerschaft, und nur der
ausdrückliche Befehl ihrer Vorgesetzten hielt diesen
Vorfall geheim, um die Lust der erlauchten Versamm=
lung nicht zu stören. Man gab überdem die Schuld

nur der Unmäßigkeit, und die Leute entschlugen sich weiterer Besorgniß.

König Erich kehrte sehr heiter an demselben Abende in seine Gemächer zurück, scherzte mit seinen Vertrauten und sagte, ehe er sie entließ:

„Was meint Ihr nun zu dem Friedensfeste? — Glaubt Ihr noch an keine Aufrichtigkeit?"

„Ich muß ein Jahr älter sein, ehe ich daran glaube," erwiederte der Vertraute, die Achseln zuckend. — „Wenn Ihr meinem Rathe folgt, mein gnädiger Herr, so brechen wir eines Morgens ganz plötzlich auf, ohne einen Menschen vorher zu benachrichtigen, und suchen wieder unsere sichere Heimat."

„Hältst Du uns hier nicht für sicher?" fragte der Fürst.

„Ich will das nicht grade leugnen," erwiederte Jener. — „Mir gefällt dies überfreundliche Wesen nicht: das ist Schlangenart."

„Entfernt Euch, Marschall!" sagte König Erich mit Unwillen, denn er verstand wohl, worauf die Rede zielte. Der Marschall ging, ohne sich mit einem Worte zu entschuldigen.

„Gebe Gott, daß ich Unrecht habe," sagte er draußen zu seinen Freunden.

Erich ließ sich von seinem Leibdiener entkleiden; ihm fiel die Bläſſe des Menſchen auf und er fragte ihn, ob er krank ſei? — Der Diener geſtand, daß er ſich nicht wohl fühle, und wurde von ſeinem mit= leidigen Herrn augenblicklich zu Bett geſchickt. Am andern Morgen erſchien er nicht, er war ſchwer erkrankt. — König Erich ſprach über Tafel davon; Mehrere, welche bereits von dem Zuſammen= hange unterrichtet waren, wechſelten · bedeutende Blicke, im Allgemeinen aber ließ ſich Niemand in ſeiner Freude ſtören, und die Ausgelaſſenheit, welche von jeher an der Tafel des Königs Magnus herrſchte, erreichte ihren höchſten Grad. Endlich er= hoben ſich die Königinnen Blanca und Beatrix mit ihren Damen, um die Männer ſich ſelbſt zu überlaſſen.

„Noch einen Becher auf Euer Wohl!“ ſagte Erich lebhaft.

„Mundſchenk!“ rief die Königin aufforbernd.

Der Mundſchenk brachte dem jungen Fürſten einen vollen Pokal, welchen dieſer bis auf den Grund leerte. — Mit einem freundlichen Blicke ſchied die Königin mit ihrer Schwiegertochter, von den an= weſenden Frauen begleitet, und der Zwang, den ihre Gegenwart bisher den Männern auferlegt hatte, fiel nun völlig weg. Es währte aber nicht lange, so bat König Erich, der neben seinem Vater saß, denselben um Verzeihung, daß er sich zurückziehen müße.

„Ha! Du Kriegsheld läßt Dich beim Becher so schnell besiegen?" rief Magnus.

„Mir ist schwindlich, ganz wüst und weh im Kopf," erwiederte Erich. „Auch fühle ich Brust-stechen, wie noch nie in meinem Leben! Ich werde wohl krank werden."

Er ging aus dem Saale, mehrere seiner Getreuen folgten ihm.

Der alte König schüttelte mitleidig den Kopf und befahl dem Edelknaben, der hinter ihm stand, schleunig den Leibarzt zu rufen und zu seinem Sohne zu bringen! — Das ganze Fest war gestört.

Bald kamen noch schlimmere Nachrichten. Die junge Königin, welche sich guter Hoffnung befand, war vor Schreck über ihres Gemahls Erkrankung von Nervenzufällen ergriffen worden, und der Arzt konnte noch nicht sagen, welchen Ausgang es neh-men würde. — So endigte der Tag, statt in Freude und Tanz, mit trüber Besorgniß für den ganzen Hof und der Marschall Brahe, welchen König Erich gestern so ungnädig entfernt hatte, sprach finstern Blickes zu seinen Genoßen:

„Habt Ihr Euch für alle Fälle vorgesehen? Es dürften leicht schlimme Tage für Alle kommen, welche treu zu König Erich gehalten."

„Ihr sprecht ja von ihm, wie von einem todten Mann!" rief Karl Ulfsson til Tofta, der Reichsrath.

„Er stirbt, so wahr ich hier vor Euch stehe," sagte Brahe kalt. „Ich wußte, daß er die Königsburg nicht lebendig verlassen würde. Jetzt mag Jeder für seine eigene Sicherheit sorgen."

Es stand wirklich schlimm um den jungen König. Er litt große Schmerzen in der Brust, warf Blut aus und hatte Fieberanfälle. Merkwürdiger Weise stellten sich bei seiner Gemahlin, deren Krankheit man ihm verheimlichte, ganz gleiche Symptome ein, aber in einem viel heftigeren Fortgange, schmerzhafte Geschwulst zeigte sich hier und dort, die Krisis trat schnell und furchtbar ein, Beatrix von Brandenburg überwand sie nicht. Ihr Tod verbreitete die größte Bestürzung, und Niemand zweifelte, daß der Gemahl ihr folgen werde. Er lag in furchtbaren Fieberphantasien, der Wahn führte ihm das Gespenst des Mißtrauens wieder an sein Bett, und in einem dieser schwarzen Momente, da des Kranken Geist irre war, rief er das Unglückswort, welches hingereicht

11*

hat; den Namen **Blanca** von **Namur** bei den
Schweden auf lange Jahrhunderte zu brandmarfen:
„Wer mir das Leben gegeben hat, der hat es mir
auch wieder genommen!" Die Umstehenden hörten
es und scheuten sich nicht, ihm die gräßlichste Deu-
tung zu geben. Erst neuere Forschung hat aus den
Chroniken jener Zeit den Ungrund des grausen Ver-
dachts, welcher die Mutter zur Mörderin ihres Sohnes stempelte, klar bewiesen. Damals aber hielten
ihn selbst die Bessern fest, und es war somit kein
Wunder, daß der Hof noch vor dem Ende des unglücklichen Fürsten, das erst im Januar erfolgte, von
den meisten Vasallen verlassen wurde.

Der Tod König **Erich**'s veränderte die Lage der
Dinge in Schweden sehr. **Magnus Birgers-
son** war wieder der alleinige Herrscher und benutzte
seine Macht zur Wiederherstellung der königlichen
Autorität, welche in den einheimischen Kriegen, wo
er von dem Beistande trotziger Vasallen abhängig
war, nur zu sehr gelitten hatte. Bald auch vernahm
man die Zurückberufung des Herzogs **Bengt**, welcher wirklich auf wunderbare Weise nach Dänemark
entkommen sein sollte. Das Frühjahr brachte noch
mehr Ursache zur Unzufriedenheit. König **Waldemar**, der Däne, war wiederum in Schonen eingebrochen, hatte nur schwachen Widerstand gefunden

und sich allmälig zum Herrn von Schonen, Halland und Bleckingen gemacht. Da schloß Magnus mit ihm jenen schmachvollen Vertrag, welcher die drei Landschaften, kostbare Juwelen in der schwedischen Krone, den Dänen abtrat, ein Verlust auf dreihundert Jahre! Erst Karl X. Gustav, dessen nur sechsjährige Regierung wie ein flammendes Meteor über den nordischen Himmel zog, brachte die Provinzen am Sunde wieder zurück, im Frieden von Roeskilde.

11.

Die Nachricht, daß Herzog Bengt, den ganz Schweden als einen Marksauger des Landes ansah, zurückberufen worden war und bereits in Helsingborg angekommen sein sollte, verbreitete sich wie ein Haide-feuer bei trockener Sommerszeit und erregte selbst bei den Geringsten einen allgemeinen Unwillen. Nur Ambjörn Knutson, der Odalbauer, hörte es mit einer wilden Freude, die er nicht zartfühlend genug war, seiner Tochter zu verbergen.

„Er ist mir entgangen, daß ich selbst nicht weiß, wie!" sagte er. „Aus meinem wohlverschlossenen Hofe! Ich hätte mein Wort gehalten, hätte ihn geführt bis über den Markstein meines Erbgrundes, dort aber mit ihm gesprochen! — Er muß geklettert sein, wie eine Katze. — Nun kommt er wieder, das ist mein Trost."

Thora hatte keine Antwort auf diese Reden, sie war überhaupt ruhiger geworden, that ihre Geschäfte still und emsig fort und zeigte wieder ein gesundes Roth auf ihren Wangen. Nur ihr Auge verrieth noch, daß sie nicht vergessen konnte — darin verstand aber der Greis nicht zu lesen.

Frau Kettilmund war es, welche die Nachricht von Bengt's Zurückberufung nach dem Obalhofe gebracht hatte, nicht ahnend, daß Ambjörn seinem Verdacht eine bestimmte Richtung gegeben. Als er in der ersten Ueberraschung dem Herzoge laut ge- flucht, war sie erschrocken und hatte seine Meinung, die er ungescheut aussprach, bestritten; sie wisse am Besten, was er schon erfahren habe, doch möge er sich hüten, auf bloßen Verdacht hin u. f. w. — Da er ihr aber entgegen hielt, was ihn von der Wahrheit überzeugt habe, und des schändlichen Versuchs er- wähnte, durch welchen Bengt die Schuld auf seinen Vetter habe wälzen wollen, gerieth sie in großen Zorn und gab den Verräther Preis. Ihr sei die Zunge nicht, wie der armen Thora, gebunden, sie habe nur aus Rücksicht auf die Verwandtschaft mit ihrem jungen Herrn geschwiegen, nun aber auch dieser, welcher die Tugend und Ehrbarkeit selbst sei, nicht verschont bleibe, nun möge die Sache ihren Lauf haben! Und sie erzählte Einzelheiten, wie sie zu ihrer Mitwissenschaft gekommen, daß der Alte in seiner grimmigen Lust der Ueberzeugung ihr fast die Hand zerdrückte aus Dankbarkeit.

Wenige Tage nach dieser Mittheilung sprengte unerwartet ein Reiter, von zwei Dienern begleitet, vor den Odalhof; Ambjörn, der im Schatten der Eiche vor der Sonnenglut rastete, erkannte ihn mit Verwunderung: es war Arel Eilifsson, der Burgherr von Ringstaholm. Daß er von seinen mehrjährigen Fahrten im Auslande, wo er Ruhm und Ehre, auch Wunden erworben, zurückgekehrt sei, wußte Ambjörn bereits durch die Schaffnerin, aber er wunderte sich, was der Ritter, denn Arel hatte den Ritterschlag von der Hand des schwarzen Prinzen von Wales erhalten, unter dessen Panier er gestritten, bei ihm wolle. Er stand auf und ging ihm entgegen.

Arel reichte ihm die Hand, ohne der Unbill zu gedenken, welche er einst von dem rachsüchtigen Greise erfahren hatte.

„Ich komme, mit Euch ein ernsthaftes Wort zu

sprechen, Ambjörn," sagte er. „In Ruhe und
Freundschaft! Ich setze mich zu Euch in den Schat=
ten. — Ohne langen Eingang, ich weiß, daß Ihr
Euch über Bengt Algotsson zu beklagen habt
und Rache wider ihn sinnt, wenn er, wie ich höre,
nach Schweden zurückkommen sollte."

„Ja, meinem Sohne muß sein Recht werden!"
erwiederte der Alte, ohne eine Miene zu ver=
ziehen.

„Nehmt Wehrgeld als Buße an, ich bin erbötig,
Euch das Dreifache zu zahlen," sagte Arel.

„Blut will Blut!" erwiederte der Odalbauer.
„Und Ihr bietet mir das? Wißt Ihr —"

„Ich weiß Alles — habe wenigstens davon ge=
hört und will es nicht glauben," unterbrach ihn der
Ritter. „Mich laßt beiseit. Noch einmal, seid
christlich, nehmt Wehrgeld an — was habt Ihr da=
von, wenn Ihr Eurer Rache nachgeht, als daß ihr
selbst dabei in Gefahr kommt, oder im glücklichsten
Fall dem Gesetze überantwortet werdet? Ihr, ein
alter Mann, ein Vater —"

Der Odalbauer machte eine heftige Gebärde mit
der Hand.

„Hilft Euch Alles nichts!" rief er.

„So betreibt Eure Sache auf rechtlichem Wege!"
sprach Arel, da er des Greises Hartnäckigkeit sah.
„Der König wird binnen Kurzem unsere Marken be=
rühren, er hat den Reichstag vierzehn Tage nach
Michaelis in Calmar ausgeschrieben. Tretet vor
ihn, wie Ihr als freier schwedischer Mann berechtigt
seid, bringt Eure Klage vor, unterstützt sie durch
Zeugniß, so muß Euch ja Recht werden!"

Der Alte blickte ihn eine Weile nachdenklich an.
„Meint Ihr?" entgegnete er, und da es Arel be=
jahte, schüttelte er ungläubig den Kopf. — „Indessen
mag's drum sein!" rief er haftig zufahrend, wie es
seine Art war. — „Das Andere bleibt mir dann
ja noch immer. — Wollt Ihr nicht in mein Haus
treten?"

Arel dankte, stand auf und ermahnte ihn, sei=
nem Vorsatze treu zu bleiben, dann stieg er zu Roß
und ritt von bannen. Der Alte setzte sich wieder
unter seine Eiche und schüttelte mehrmals den Kopf.
Er war aber entschlossen.

König Magnus hatte während des Sommers
eine Reise nach dem höhern Schweden unternommen
und überall, wo er sich einige Zeit aufhielt, durch
Ertheilung von Privilegien oder wohlthätige Ver=
ordnungen die Gemüther seiner Unterthanen, welche

sich gänzlich von ihm abwandten, seit Erich, wie es hieß, ermordet und so schönes Land an die Dänen verschleudert war, zu gewinnen. Auf den Rath mehrerer Herren, die er zu Telse traf, hatte er dann den Reichstag nach Calmar ausgeschrieben, wohin er sich, als der Sommer zu Ende ging, mit seiner Gemahlin und einem großen Gefolge auf die Reise begab. — Die Königin war noch immer in tiefe Schwermuth versunken, — der Vorwurf, den ihre Zeitgenossen ihr machten, von dem sie sich auch durch die heiligsten Versicherungen nicht reinigen konnte, nagte an ihrem Leben. Gern wäre sie in der einsamen Burg zurückgeblieben, aber man hätte glauben können, sie wage ihr Antlitz nicht den versammelten Männern Schwedens zu zeigen!

Die Reise ging langsam von Statten und ermangelte jener zuströmenden Beweise von Liebe und Anhänglichkeit, mit welchen ein treues Volk seine geliebten Herrscher, wenn es sie aus den Königssitzen in ihre Mitte herabsteigen sieht, zu empfangen pflegt. Doch war der Himmel günstig mit der schönsten Herbstwitterung, und wenn der Reisezug an einem klaren Mittage auf passender Stelle Halt machte, die Zelte aufgeschlagen wurden und Speise und Trank im Ueberfluß die Genossen erquickte, dann blieb auch die Heiterkeit, welche ein unverwüstlicher Grundzug

in König Magnus Charakter war, nicht ohne Wir=
kung auf die ganze Gesellschaft.

Während einer solchen Rast war es, daß dem
Könige ein Odalmann gemeldet wurde, der ihn zu
sprechen begehre. — Der König war in der besten
Laune und gestattete dem Bittenden Zutritt; um ihn
her saßen seine Räthe, im Hintergrunde ruhte die
Königin, von einigen Damen umgeben. Der Odal=
bauer trat ein und grüßte furchtlos den König,
dann die andern Herren in der Runde; es war ein
großer Mann mit silberweißem Haar und rüstigem
Wesen!

„Wie heißt Du? Was willst Du von mir?“
fragte der König freundlich.

„Ich heiße Ambjörn Knutson und bitte um
Recht,“ erwiederte der Bauer.

„Recht soll Dir werden, wie jedem meiner Unter=
thanen,“ sprach der König. — „Ich halte gleichsam
meine zweite Erichsreise.“

„Auf Eurer ersten bin ich als Geißel bei Eurer
Gnaden gewesen,“ sagte Ambjörn. „Als Ihr die
Erichsstraße rittet und Euch, wie es das Uplands=
gesetz besagt, die Südermänner mit ihren Geißeln
bis zur Swintuna gebracht, wo Euch die Ostgothen
entgegenkamen und Geißeln stellten, um Euch bis zur

Mitte des Waldes Holawid zu geleiten, an Sma-
lands Grenze, da war ich auch dabei, und Ihr müßt
mich noch kennen."

Der König, dessen Gedächtniß keineswegs so zähe
war, gab ihm lächelnd die Möglichkeit zu und fragte
nach seinem Anliegen, in der Meinung, irgend einen
Erb- oder Grenzstreit schlichten zu müssen. — Aber
wie groß war sein Erstaunen, als der Odalbauer
mit dreister Stirn seinen Günstling, den Herzog
Bengt Algotsfon, welchen er nach Calmar beschieden hatte, um ihn dort wieder in alle Ehren
einzusetzen, des heimlichen Mordes, also einer mit
allgemeiner Verachtung gestempelten Schandthat, an-
klagte. — Magnus zog die Augenbrauen zornig
zusammen, unter den Räthen entstand eine große Bewegung. — Einer hatte den Andern im Verdacht,
diesen kühnen Streich ersonnen zu haben; die Königin, welche noch immer für den Mann, der einst ihre
Gnade genossen, ein hohes Interesse fühlte, erhob
sich und trat näher.

Nachdem der Odalbauer in schlichter bündiger
Rede sein Zeugniß vorgebracht, wie zwei Männer,
die er zu stellen erbötig sei, die That im Walde gesehen und den Mörder verscheucht hätten, der sein
Schwert zurückgelassen, welches Schwert von Arel,
dem Herrn von Ringstaholm, nach dessen eigener

Aussage an Bengt Algotsson geschenkt worden
— wie obige Männer diesen Bengt auf seiner
Flucht vor König Erich wieder gesehen und als
Denjenigen erkannt, welcher damals im Walde Kolmorden den jungen Sten Ambjörnsson, der ihn
mit einem Vorwurfe, welcher weiter nicht hieher ge-
höre, angetreten sei, ohne Weiteres mit dem schnell-
gezückten Schwerte niedergestoßen habe — nachdem
Ambjörn Knutson dies Zeugniß vorgebracht und
nun erwartete, daß der König ihn nach Calmar oder
doch vor den Lagman bestellen werde, um seine Klage
rechtlich zu erhärten, mußte er sehen, wie Magnus,
der König, mit Unwillen und Verachtung auf ihn
blickte.

„Also auf das Zeugniß zweier unfreien Knechte
erfrechst Du Dich, einen Ritter, der meinem Throne
zunächst steht, anzuklagen!" rief der Zornige. „Bist
Du auch der Strafe eingedenk, die Dich trifft, wenn ·
Deine Klage falsch erfunden wird?"

„Ich klage nicht falsch," sagte der Odalbauer mit
fester Stimme.

„So bringe Dein Zeugniß vor, wo Du willst,
aber besser Zeugniß, besseres, sag' ich Dir!" rief König Magnus. „Die Knechte lass' ich Dir nicht
gelten! Was? Soll ein Herzog und Ritter solcher

Beschimpfung ausgesetzt werden? Dein Sohn wird
ihn in der Trunkenheit angefallen haben! Nicht
wahr, ihr Herren? Was sagt Ihr? Soll der Bauer
den Edelmann ungestraft anfallen dürfen, so lange
dieser sein Schwert führen kann?"

„Herr, ich werde meine Klage durch gutes Zeugniß beweisen," sagte Ambjörn, dessen Auge unter
den weißen Brauen immer trotziger leuchtete. —
„Werde ich dann mein Recht bekommen?"

„Recht verweigere ich Niemandem," erwiederte
der König. — „Aber ihr sollt nur nicht allein Recht
haben wollen, ihr Bauern!"

„Wir haben das beste, gnädiger Herr," versetzte
der Odalbauer.

Ein Paar Hofherrn fuhren auf, der König aber,
dessen Zorn schnell wieder verrauchte, sprach gemäßigter: „Laßt diesen Mann, er hat ein wahres
Wort gesprochen. So geh, Alter, aber hüte Dich,
daß Du nicht in Deine eigene Grube fällst. Es
wird Dir schwer werden, Deine Sache durchzuführen.
Der Landrichter mag Dich hören."

Ambjörn bückte sich und ging. Er hatte das
spöttische Lächeln nicht übersehen, das auf den Ge-
sichtern der stolzen Edelleute lag, es verkündigte ihm
den Ausgang seiner Sache. Mit bitter schwellendem

Herzen verließ er die grüne Höhe, auf welcher des
Königs Zelte aufgeschlagen waren, und suchte den
Heimweg. — Nicht lange darauf beurlaubte sich
auch der Reichsrath, Karl Ulfsson Sparre, von
seinem Herrn, um eine wichtige Angelegenheit seines
Hauses abzumachen, ehe er sich zu Calmar einfände.
Er bestieg sein Roß und trabte mit Mehreren seines
Geschlechts, die ihn begleiteten, desselben Weges, den
der Odalbauer eingeschlagen hatte. In kurzer Zeit
erreichte er ihn, wie es seine Absicht war.

„Ehrlicher Mann," sagte er vertraulich, indem er
dicht an ihn heran ritt, seine Begleiter hinter sich
lassend, „Ihr habt mir wahrhaft leid gethan. Son-
nenklares Recht und kein Gehör! Was bleibt einem
wackern Manne da übrig, als sein Recht selbst zu
nehmen? Ich will Euch dazu verhelfen, denn, so
wahr ich lebe, auf eine andere Weise gelingt es Euch
nicht."

„Ihr wollt mir dazu verhelfen?" fragte Ambjörn.

„Ja. Ich weiß, daß Bengt Algotsson jetzt
nicht auf dem Wege nach Calmar ist," erwiederte der
Reichsrath. „Er ist gen Norden gereist und will
wahrscheinlich nach Stockholm — Ihr findet ihn
noch im Walde Kolmorden."

„Ha! dort wäre grade die rechte Stelle!" rief der Odalbauer.

„Entgehen kann er Euch nicht; ich habe einen klugen Spürhund auf seine Fährte gesetzt," sprach Karl Ulfsson. „Ihr müßt wissen, daß ich auch eine Rechnung mit ihm abzumachen habe und wenn Ihr es übernehmt, so rächt Ihr Euch und das Haus der Sparre, das er beschimpft hat."

„Mich kümmert nur meine Sache!" versetzte Ambjörn. „Im Walde Kolmorden, sagt Ihr? der ist sehr groß!"

„Hemming!" rief der Reichsrath einem seiner Knechte. „Du wirst uns führen. Treffen wir ihn noch unterwegs, so will ich ihn in ritterlichem Zwei=kampf bestehen, — wo nicht, so findet Ihr ihn zu Ringstaholm, wo er die Rückkehr eines Boten ab=warten will, den er mit einem feinen Briefchen nach Stockholm geschickt hat. Dann überlaß ich ihn Euch."

„Wir können nicht zusammen gehen," sagte der Odalbauer. — „Ich weiß nun Alles, was ich brauche. — Lebt wohl, ich danke Euch."

Er schlug einen Fußpfad ein und die Rei=ter sahen ihn noch lange jenseits des Baches, den er überschritten hatte, eilig dahinwandern.

Die Nachrichten, welche Karl Ulfsson til
Tofta durch seine Späher eingezogen hatte, waren
ganz richtig. Der Herzog Bengt, aus Seeland
nach Helsingborg in Schonen zurückgekehrt, hatte
einen Boten nach Stockholm abgefertigt und reiste
ihm auf dem Fuße nach, um in Ringstaholm die
Antwort, die er bringen sollte, zu erwarten. Er
ritt diesmal nicht allein, sondern mit einem starken
Geleit schwedischer Lanzenträger, die er in seinen
Sold genommen hatte. So zog er mit Zuversicht
in den verhängnißvollen Bergwald ein, den er
besser niemals mit Augen erblickt hätte. Er dachte
vielleicht zum ersten Male ernsthaft an seine Vergangenheit, an sein letztes Abenteuer in der Swin-
tunagegend, an das Mädchen, dessen Unglück er
veranlaßt und das ihn doch mit Gefahr ihres
eigenen Lebens zur Nachtzeit befreit hatte, als ihm
der Tod geschworen war. Ihm stand in diesem
Augenblicke Thora's Bild wieder so schön, so
lockend vor den Augen, wie sie ihm zuerst in ihrer
vertrauenden Einfalt und Unschuld auf Ringstaholm
erschienen sein mochte, und der Wunsch, ihr einen
reichen Ersatz zu bieten, war jetzt wenigstens aufrichtig. Doch mischten sich bald andere Erinnerun-
gen gehässig dazwischen, und er wandte sich rasch

an seine Wenden mit der Aufforderung, einen frischen Kriegsgesang anzustimmen. Sie gehorchten; die eigenthümliche Melodie, die fremde Sprache, die Lebendigkeit, mit welcher die Slawen sangen, zerstreute den Unmuth, der sich des Herzogs bemächtigt hatte; er spornte sein Pferd zu rascherem Gange und sein Blick sah wieder keck und sorglos in die Weite.

Der Ritt wurde mit großer Eile fortgesetzt, nicht in grader Richtung, sondern auf einem Umwege. Denn so übermüthig Bengt wiederum war, scheute er sich doch, Ambjörn's Hof auch nur von fern zu erblicken. Er hatte aber den Motalastrom noch nicht erreicht, als ihm auf dem bezeichneten Wege sein Bote bereits wieder entgegen kam, der nicht weiter als Ringstaholm gewesen, wo er den Bescheid erhalten, daß der Truchseß Bonde, in dessen Hause er seinen Brief abgeben sollte, grade gegenwärtig sei. Er hatte also seine Botschaft ausgerichtet und darauf schriftlichen Bescheid an seinen Herrn erhalten. Diesen lieferte er jetzt ab. Bengt sprang vom Pferde, nahm das Päckchen in Empfang, riß es auf: das Erste, was ihm entgegenfiel, war ein goldener Ring, den er zu seiner Bestürzung erkannte. Der Brief, der ihn begleitete, war von Erika Tott und sehr kurz. Er deutete an, daß

fie, während er im Unglück gewesen, ihm die
Kränkung eines Schrittes, der auf fie ein falsches
Licht hätte werfen können, erspart habe — feitdem
fei aber Manches zu Tage gekommen, was eine
Verbindung zwischen ihm und ihr unmöglich mache,
er möge fein Inneres fragen, ob fie Recht habe oder
nicht? — — Knirschend zerriß er das Blatt und
warf es zu Boden.

„Ich fehe es, Axel ift mir in den Weg getreten!" rief er für fich. „Wehe dem Knaben, ich
werde ihn meine Macht fühlen laffen, daß er vor mir
vergehen foll! Gottlob, daß die Macht, meine Feinde
zu verderben, wiederum in meiner Hand liegt! —
Und Erika muß dennoch mein werden! Ich raube
fie mit Gewalt, wenn auch der Truchfeß wagte, mir
entgegen zu fein!"

Ein demüthiger Gruß, der ihm galt, riß ihn aus
feinen Gedanken; er fah fich unwirfch um und erblickte einen Mönch, der in Begleitung eines andern
Wanderers hinzugekommen war. — Kaum dankend
wollte er zu feinem Pferde gehen, das einer der
wendifchen Reifigen in einiger Entfernung hielt —
da ftellte fich der Wanderer, der mit dem
Mönche gekommen war, plötzlich in feinen Weg.
Bengt erftarrte vor dem Greife: es war Ambjörn
Knutfon.

12*

„Nun bist Du mein!" schrie der Furchtbare und schwang die Axt.

„Heran, meine Wenden!" rief Bengt, — aber das Wort erstickte in seinem Blute, ein einziger Hieb, in welchen der Greis seine volle Kraft legte, schmetterte ihn zu Boden. Die Wenden standen bestürzt, dann stießen sie ein wildes Geheul aus und wollten ihren Soldherrn rächen, allein es war zu spät. — Eine gewaffnete Schaar kam herangebraust und zerstreute sie, ehe sie Ambjörn, der seine Waffe zu führen wußte, überwältigt hatten. — Es war Karl Ulfsson, der sein Opfer nicht aus den Augen verloren hatte und grade zur rechten Zeit kam, sich an seinem letzten Todeskampfe zu weiden.

Der Mönch kniete neben dem Gefallenen und hatte ihn wohl erkannt, und wie er ihn liegen sah, roth überwallt von seinem Blute, da gedachte er des übermüthigen Wortes, mit welchem sich der Todte zuletzt von ihm in der Hütte des Waldbauers getrennt hatte. Wohl sah er ihn jetzt mit Purpur bedeckt, und er stand bereits am Throne — des ewigen Richters!

„Wohin, Du wackerer Mann?" rief Sparre, da sich der Obalbauer zum Fortgehen anschickte.

„Ich will zum Landrichter gehen," sagte Amb=
iörn, „mich zu meiner That bekennen, daß sie nicht
Nidingswerk heißt."

„Um die Folgen sorge nicht!" rief ihm der
Reichsrath nach. „Viele Mächtige werden Dich
schützen!"

Darauf befahl er den Wenden, welche sich in eini=
ger Entfernung zusammengedrängt hatten, die Leiche
nach Ringstaholm zu bringen, und der Mönch be=
gleitete sie aus freiem Antriebe.

Auf der Burg im Motalastrome befand sich noch
Ulf Amundsson, der Truchseß, bei Arel, und
Beide erschracken nicht wenig, als der Wächter mel=
dete, wen man entseelt auf der Bahre bringe, —
obschon sie wohl geahnt hatten, daß es mit Bengt
einmal ein solches Ende nehmen mußte. — Sein
Verwandter ließ ihn in der Kapelle bestatten und er=
kundigte sich bei dem Mönche nach allen Umständen
seines Falles.

„Also doch!" seufzte er, da er vernahm, durch
wen er erschlagen war. — „Ich hätte gewünscht,
diese Gefahr an ihm vorüber zu führen, weil ich
selbst dabei gewissermaßen als betheiligt galt."

„Es hat so kommen müssen!" erwiederte Ulf.
„Nun aber begleitet Ihr mich doch? Nun ist sie
ganz frei, auch .der letzte Schein eines Unrechts ver=

schwunden. Dankt es der Alten, daß sie geplaudert hat, ohne sie wäre Erika jetzt vielleicht noch beunruhigt!"

Frau Kettilmund war es in der That gewesen, welche in ihrem Eifer für den jungen Herrn, den sie über Alles hoch hielt, gegen Jedermann, der in den Bereich ihrer Zunge kam, Bengt's Schändlichkeit erörtert hatte, sodaß auch in das Haus Katharina's — ihr Sommerlandsitz an der Brävikenbucht war nicht fern von Ringstaholm — Kunde davon kam, und da sie sich als Wahrheit bewies, welches der Truchseß eifrig erforschte, so hatte sie Erika in gerechtem Unwillen zu jenem Schreiben veranlaßt, das als ihr letztes in Bengt's Hand kam.

Trotzdem wurde sie doch tief erschüttert, als sie das Ende des Unglücklichen erfuhr. Sie entfernte sich aus dem Kreise der Ihrigen.

„Laßt sie gewähren," sagte der Truchseß zu Axel. „Ich kenne sie besser. Es ist die Gewalt des ersten Eindrucks, sie hat niemals den Unwürdigen wahrhaft lieb gehabt."

Axel war nicht der Mann, in schmeichelnder Werbung und Liebesklage um die Frauen zu flattern; er ritt an diesem Abende fort, ohne Erika gesehen zu haben. Aber er kam wieder, er zeigte seine Neigung offen und männlich, ohne Redeschmuck oder

füßliche Zuthat. Erika fühlte sich wohlthuend an-
gesprochen, sie erkannte den Werth des gediegenen
Mannes, zu welchem der Jüngling, den sie zuerst bei
ihrer Rückkehr von der Pilgerfahrt, dann bei den
Festen in Stockholm hatte kennen lernen, gereift war,
und als er endlich um ihre Hand bat, gab sie ihre
Einwilligung, nicht aus einem schwärmerisch eral-
tirten, sondern aus still beglücktem Herzen, — was
die beste Bürgschaft ist für eine dauernd zufriedene
Zukunft.

Bengt's Tod wurde nicht gerächt. Die Königin
Blanca reizte zwar ihren Gemahl auf alle Weise,
aber er besaß die Macht nicht dazu — denn was der
Odalbauer gethan, fiel nicht auf sein Haupt, sondern
die Partei der Feinde Bengt's hielt es für eine
Ehrensache, die That als die ihrige, den Thäter nur
als ihr Werkzeug darzustellen und zu schützen. Dem
geschichtskundigen Leser wird der damalige Zustand
Schwedens das Alles erklären. — Es gelang König
Magnus nicht, das Zutrauen seines Volkes wieder
zu gewinnen; er nahm nach vielen unglücklichen
Wechselfällen zuletzt seine Zuflucht bei seinem Sohne
Hakon in Norwegen und verlebte dort den Rest seiner Tage.

Ambjörn Knutson starb im hohen Alter.
Nachdem er seine Pflicht, wie es der im Wahn seiner

Zeit und seines Volkes Verblendete nannte, gethan
hatte, lebte er zufrieden, selbst mit seiner Tochter aus=
gesöhnt, auf dem Odalhofe, den er ihr als seinen
Erbgrund, da keine Söhne vorhanden waren, hinter=
ließ. Da fanden sich viele Freier um die schöne,
reiche Thora; sie aber wies Alle ab und lebte nur
für ihren Knaben, der als des Vaters Ebenbild auf=
wuchs, in spätern Jahren den Pflug mit dem
Schwerte vertauschte, und auf dem Schlachtfelde zu
Falköping, wo Albrecht von Mecklenburg mit dem
Siege die Freiheit verlor, von dem tapfern Reichs=
marschall Erich Kjellson zum Ritter geschlagen
wurde, eingedenk seines Vaters, gegen den sich der
Haß im Laufe der Zeit verblutet hatte.